有度
YOUDU CULTURE
有度文化

拆弹女兵

CHAIDAN NVBING

康燕宁 著

山西出版传媒集团 北岳文艺出版社
BEIYUE LITERATURE & ART PUBLISHING HOUSE
·太原·

图书在版编目（CIP）数据

拆弹女兵 / 康燕宁著. — 太原：北岳文艺出版社，2023.6

ISBN 978-7-5378-6703-0

Ⅰ. ①拆… Ⅱ. ①康… Ⅲ. ①长篇小说 - 中国 - 当代 Ⅳ. ①I247.5

中国国家版本馆CIP数据核字(2023)第063106号

拆弹女兵

康燕宁 / 著

//

出品人
郭文礼

选题策划
陈学清
刘文飞

责任编辑
刘文飞

内文插图
康燕宁
徐凡城

书籍设计
张永文

印装监制
郭勇

出版发行：山西出版传媒集团·北岳文艺出版社
地址：山西省太原市并州南路57号　邮编：030012
电话：0351-5628696（发行部）　0351-5628688（总编室）
传真：0351-5628680
经销商：新华书店
印刷装订：山西人民印刷有限责任公司

开本：787mm × 1092mm　1/32
字数：125千字
印张：7.625
版次：2023年6月第1版
印次：2023年6月山西第1次印刷
书号：ISBN　978-7-5378-6703-0
定价：49.80元

目录

上篇　铁血军营

走在大街上谁也不会知道她的身份，青春靓丽，身材匀称，身姿矫健。昨天还在北京闹市的她，如今已经在通往深山的公路上，正赶往她的新单位——山里的弹药库，她就是二十六岁的拆弹女军官唐晶。

一辆中型巴士行驶在太行山的山路间。巴士车内，唐晶坐在车里的最后一排，身着便服，头枕靠背闭目养神。随着车身的晃动，她觉得身上痒痒的，如同徜徉在海滨浴场的沙滩上，被海浪吹拂，在惬意中幻想着身体游向大海深处。此时，夕阳映在她美丽的脸庞上，白皙的肤色衬出红晕。

中巴车中部的车门处，蒋海亚举着手机找信号，他半起半坐着，依在窗口打电话："我就快回部队了，放心吧妈……喂?喂？"手机信号似乎又没有了，中巴车经过路边的一个电线杆子，蒋海亚在车内对着电线杆子引信号。车里一个妇女说道："大兄弟，别费劲了，这山里没有信号。"蒋海亚看了看妇女说："谁说的，以前有来着。"他举着手机满车找信号，到了后排看见唐晶，他看呆了。

突然，司机一个急刹车，唐晶被惊醒，如同在海面漂浮的船被一个巨浪抛向空中，然后重重地摔下来。蒋海亚的手机掉在唐晶的脚下，滑到了车座下面。

蒋海亚拍了拍唐晶的脚道："小姐，让一下，请让一下。"

唐晶看着蒋海亚，小声说："你才小姐呢。"

这时车又猛地一晃，蒋海亚跌倒，双手按在唐晶的脚面，唐晶挪不开脚。"你干吗？德行！"

蒋海亚抬着眼睛，表情严肃道："不是德行，是惯性，姑娘。"他拿到手机起身走开。

"干吗呢？怎么开车呢？"

"就是！这么猛干什么？"

车内人员叫喊着，司机回头打着哈哈："别喊，你们看呀，前面堵车了。"

司机拉开窗子，问对面车道缓行的司机："哥们儿，前面怎么了？”

对面司机探着头道：“那边挖出了个炸弹！躺在路边呢。”

车内人们议论着：“这得等到什么时候啊？”

“就是啊，师傅，你得赶紧想想办法。”

“炸弹怎么扔到公路上来了，什么意思？”

“有恐怖分子吧！”

“是不是毒气弹啊？”

一位退休教师模样的乘客说：“这里经常会挖出炸弹，抗战胜利那年日本人从井陉县撤出的时候把这里的煤矿给炸了。”

“听说这里还有万人坑呢。”有人应和着。

唐晶倚着车窗向外看了看，前面是弯路，路上净是拥堵的车辆。

“天都快黑了，快点儿吧，晚上，这山里经常闹鬼呀。”唐晶身边的一个中年男人斜眼看了看唐晶。

唐晶从中巴车上下来，心想：闹鬼还吓得了我？！她走到施工地点，看到一辆铲车停在那里，几个民工远远地看着路边的一颗炮弹。炮弹旁边散落着一些黑黄相间的泥土，还有腐蚀的锈片。

民工头见唐晶走到炮弹边，大喊道：“姑娘，你不要命了！离远点儿。”

唐晶不顾他的喊叫，俯身观察炮弹，其他民工也跟着叫喊：“啊！不要，快跑！”随即，几个围观的人向四处散开了。

车内的人们探着脑袋看着唐晶，全都是不解的样子。

唐晶双手抓住炮弹，人们一片惊呼。唐晶把炸弹搬到路边的一个坑里，然后起身走到民工头面前，问：“你们报警了吗？”

民工头这才想起道：“对，对，报警，报警。”

唐晶说：“这颗炮弹锈了六七十年了，你们别乱动，等防爆警察来处理。”

民工头拼命点头。唐晶拿过民工头手里的本子，用夹在上头的笔写着什么，然后合上夹子道：“把这个给防爆警察。”

民工头张大着嘴，愣着。唐晶转身走开，娉婷袅娜的身姿引得众人眼神一路相伴。

唐晶指挥停靠的车辆：“走啦，安全了。”

道路疏通后，唐晶上了中巴车。

民工头缓缓打开纸夹，众人围过来，问：“写的什么呀？”

民工头道：“看来是这颗炸弹的型号及处置的方法……”

一个民工说道：“俺看过《拆弹部队》，她没准儿是整炮弹的专家。”

“专家你个头！报警！”民工头把本子砸在他的头上，然后看着唐晶自言自语，“便衣啊。”

落日时分，仓库主任刘前进上校和政委张猛上校在仓库门口领兵列队半天了。刘前进看了看表，说：“怎么还不来？我早说让你们去火车站接一下。”

张猛说：“部长说了，人家要自己来。”

刘前进从营房门口向不远处的公交车站张望，焦急地等候上级给他们派来的拆弹专家。

久等不来，刘前进命令道：“部队带回，准备吃晚饭。”警卫班长王小虎喊着口令把列队的战士带走。

张猛看着门口道：“不会不来了吧？”

刘前进说：“这可是你跟首长要的人，人家要是不来……你还得给我找个人来！”说完，怒冲冲地走了。

张猛皱着眉头道：“什么意思？”

说曹操曹操就到，仓库外不远处的车站，唐晶背着军用迷彩背包在前面走着。蒋海亚拉着行李箱在后面跟着。

唐晶回身道：“你一路总跟着我干什么？”

蒋海亚走过唐晶的身边，回身问唐晶：“美女，那颗炸弹没事吧？”

唐晶的脸向军械仓库一扬道：“我猜得没错，你应该是军械仓库的吧！”

蒋海亚伸开双手说：“你看出来就好。”

唐晶疑惑地问：“干什么？”

蒋海亚道：“我刚才举手的时候，你没有看见我手上的伤疤和老茧吗？”

唐晶一笑，蒋海亚道：“你别笑，告诉你，我这双手拆过上千发炮弹了。”

“好啊，以后你可得多教教我呀。”唐晶说着，直奔营门口，蒋海亚跟上。

“蒋班长探亲回来了。”门卫敬礼道。

蒋海亚说：“回来了。”

士兵拦住唐晶问：“请问你找谁？”

唐晶道：“这是二五〇六仓库吗？”

“你怎么知道的？”士兵吃了一惊。

“你刚说的，一看，保密守则就没有学好。”唐晶狡诈地一笑，说着，她掏出证件，“我是来报到的。”

张猛看见门口来了一个美女，连忙走了出来道：“这位女同志，没事儿别在这里逗留！”

唐晶收起证件说：“同志就同志呗，还女同志，看来你封建思想还很严重。”

站岗的士兵似乎在鸣不平：“你怎么跟我们领导说话呢？”

唐晶看了看张猛的上校肩牌，一个立正道：“上校同志，我是唐晶，受上级指派前来报到。”

张猛一愣：“唐晶？你就是唐晶？你怎么是个女的？”

唐晶有些生气地回答：“是！我是女的，怎么啦？”

张猛迟疑了一下，说：“哦，欢迎欢迎。”心里却想：女的？不会吧！

张猛看看唐晶，又看看蒋海亚，厉声道：“愣着干吗？还不赶快帮唐晶同志拎背包。”

“哦。”蒋海亚连忙伸手。

唐晶把胸前的背包绳一紧，问：“政委？怎么走啊？”

张猛手托唐晶后背的背包道："唐晶同志，还是让蒋班长来吧。"

唐晶解下背包。蒋海亚背起来显得有点儿吃力，问："你背的什么玩意儿，不会是炸弹吧？"

张猛笑笑："跟我来。"

唐晶走过蒋海亚身边时小声说："路上你怎么不帮我背呀，给我拉行李箱吧。"

蒋海亚不理她，一手拎背包，一手拉行李箱。大狼狗走到唐晶脚边闻着。

蒋海亚冲狼狗喊道："大黑，走。"

唐晶蹲下来，摸了摸大黑的头："帅哥，你叫大黑啊？"大黑舔了舔唐晶的手背。

唐晶拎着包跟着张猛走进了营区。营院里干净整洁，虽说地处偏远，但毕竟是军营。这周围的荒凉与唐晶预料的很相符，天色暗下来，远处山坳的深邃使她想起刚才车上男人说的话："这山里经常闹鬼！"

走在路上，张猛还是有点儿蒙，是她拆弹还是弹拆她？扯淡！

唐晶背着手轻松地一跳，跟在政委的后面，大黑跟着唐晶。唐晶四处看着，兴奋地说："政委，这里环境不错啊，空气挺新鲜，营区很漂亮。"

"啊？是啊，是啊，我们这里有全军最现代化的营房。"张猛一脸迷茫。

唐晶看着营区后面的山，问："政委，那叫什么山啊？"

张猛道："盘马山。"

蒋海亚吃力地背着背包，背包的拉链突然崩开了，里面哗啦掉出许多书来。蒋海亚俯身去捡，地面上的书有《爆炸物品使用与管理》《弹道学》《炸弹自毁装置》等，蒋海亚捡起一本《爆炸现场处置》翻了翻。

大黑跑过去闻书。唐晶回身走过来，边捡书边说："一个包你都背不动，我背了一路也没有坏，你可倒好。"

"我知道了，你不是卫生员，你是来体验生活的部队作家，你刚才拿听诊器给炮弹号脉其实是在作秀，你看见那边没有？"蒋海亚指着后山的库区，"我们军区拆除销毁的所有废旧炮弹都在那里，有时间你去慢慢听。"蒋海亚捡起地上的听诊器塞进唐晶的怀里。

唐晶一时语塞道："你！"

张猛在不远处的房门口喊：“唐晶同志，这里是站部。”

唐晶跟着张猛到了站部，蒋海亚抱着背包进去放下。

张猛说：“蒋班长，你去吃饭吧，顺便叫下刘主任。”

“是。”蒋海亚看了眼唐晶，擦了擦汗。

张猛给唐晶倒了杯水，唐晶也不客气，接过来咕咚咕咚地喝起来，路太远了，带的矿泉水早就喝完了。

张猛看着唐晶说：“那个，唐晶同志，我想上面的领导可能弄错了，你也知道我们这里可是男人待的地方……”

唐晶知道他要说什么，她放下空水杯，喘了口气说：“政委，是你弄错了，这是军营，不分男女。”

张猛看着唐晶，不知道该怎么跟她讲。唐晶看着张猛的样子，耸耸肩道：“有什么疑问吗？”

张猛直截了当地说：“你晚上住哪儿？”

“我还想问你呢，组织安排我住哪儿？”唐晶眉头一皱。

战士们正在食堂吃饭，通信员方放跑了进去，他跑到刘前进的身边耳语了几句。刘前进喊了一声“啊？”，连忙放下碗筷，跟着方放出去了。

战士们看着两人匆匆地走出食堂，议论着出了什么事。

刘前进开门进到站部里。看见唐晶，他手臂一挥，似乎要遮挡什么，估计是在大山里待久了，突然看见这么一个气质美女，承受不住，吓了一跳。

看见刘前进进门，唐晶站了起来，张猛起身向她介绍道：“这是我们仓库的主任刘前进，这位是领导给我们派来的拆弹专家……”张猛突然有些失忆。

唐晶立正敬礼道：“我叫唐晶！”

刘前进赶忙还礼道：“小唐同志还没有吃饭吧？”

唐晶说：“我不饿，我想洗个澡，睡一觉。”

张猛一愣：“啊？”

刘前进快人快语：“合理要求、合理要求，只是我们这里洗澡不是天天都能洗的。那……咱们先吃饭，通信员！”

方放跑进来道：“主任。”

刘前进说：“你先把你的房间腾出来，让唐晶同志换换衣服，通知炊事班给唐晶同志做碗西红柿鸡蛋面。”

方放忙问：“主任，那我住哪儿？”

刘前进说道：“你先住警卫班，快去。”

唐晶倒显得有些不好意思：“不用客气，大家住哪里我就住哪里，大家吃什么，我就吃什么！”

刘前进和张猛异口同声道：“啊？”

食堂里，战士们有的在刷碗，有的还在吃饭，方放带着唐晶走进来时，战士们都看傻了。唐晶已经换上了少校军服，进食堂的时候正看见军士长蒋海亚，她向他微笑点头。蒋海亚差点儿摔个跟头，上士卢宇森忙扶住他道：“你要挺住。”

下士胡晓天感慨道：“光芒四射呀。”

中士孟军生忙解释道：“这叫熠熠生辉。”

拆弹小组的四个战士出了食堂的门。唐晶端坐在饭桌前，观察着食堂。方放端着面条碗从操作间出来，唐晶接过就吃。食堂里的战士都扭着头看唐晶。

食堂外，蒋海亚等人从窗户里偷偷地看唐晶。

孟军生说：“天上掉下个林妹妹。”

胡晓天自言自语道：“这是干吗来了，太突然了。”

卢宇森应和着说：“我一点儿思想准备也没有。”

张猛走过来，看到他们边从外向内看边议论，道：“看什么看？晚上准备条例学习。”

蒋海亚等人吐了吐舌头，散开。

路上，蒋海亚道："这个女人不简单，一手能拖动 500 斤的炮弹。"

胡晓天摸着蒋海亚的脑门道："班长，你说什么梦话呢？"

卢宇森扭头看着食堂的方向，一脚绊在胡晓天的脚跟上，摔了个跟头。

炊事班长老王站在操作间门口看着，炊事员小李和小孙从他身后探出头。

老王揉了揉湿润的眼睛道："好同志啊，好同志啊！"

小李问："班长，你这是咋啦？"

老王激动地说："谁说俺这西红柿鸡蛋面没人吃？"

唐晶吃完，抬头问方放："有餐巾纸吗？"

孟军生看看其他饭桌道："有卫生纸。"

唐晶道："哦，那算了。"她从自己兜里掏出面巾纸来。

刘前进看着离开的战士，不解地问张猛："这就是你跟上级要来的专家？"

张猛也很迷惑："首长也没有跟我说是个女同志。"

刘前进不假思索地说："你抽空再跟首长请示一下，能不能换一个。”

张猛立刻着急起来：“你说什么呢？你以为这是挑选商品，说换就换的吗？就这个，还是首长充分考虑、特别批示的。”

刘前进若有所思地望着夜空说：“我们需要高科技人才来领导我们拆弹分队，真的不知道这个唐晶有没有首长说得那么神。”

唐晶有个好习惯，就是走到哪里就能睡到哪里。虽然还不能马上洗个澡，但是美美地睡上一觉还是可以的。一只小老鼠伸着爪子拨弄唐晶的头发，睡梦中，唐晶去抚自己的刘海，本能地睁开了眼睛。老鼠从她的头上跳进她的被窝，冰凉毛绒绒地在她的胸前一滚，从掀开的被窝里逃窜出去。唐晶吓得大叫一声，似乎真的有一只鬼爪从她的心里挠了一下。

方放在门口听见里面的叫声，急忙去敲门。唐晶从门里扑出来，看见方放，又大叫一声躲了进去。

方放傻傻地站在门口，问：“唐队，你没事吧？”

唐晶掩好自己的衣服，拉开门，问：“你在我门口干什么？”

方放急忙说：“我在站岗，保护你。”

“怎么了，唐晶同志？”刘前进正好路过。

唐晶指了指宿舍里面，刘前进向里面张望。方放对自己以前住过的这间屋子很熟悉，汇报道："政委，我想是那只老鼠。"

刘前进看向唐晶，唐晶点头。

"唐晶同志，你受惊了。"刘前进命令方放，"你明天务必给我把这个老鼠抓住。"

"我？抓老鼠？"

"怎么，不愿意？要不就先走完队列再抓？"

"我还是先抓老鼠！"方放赶忙回答。

新的一天，天空湛蓝。山坳里的枪械仓库也显得如诗如画，完全没有了夜晚的鬼魅。拆弹分队的队员们身背背包全副武装地站在唯一平整的操场里列队。政委、主任在队列前站定，唐晶全副武装站在一侧。

蒋海亚向政委报告："政委同志，拆弹分队列队完毕，请指示。"

张猛还礼，道："稍息。"

蒋海亚回身，喊道："稍息。"

队伍稍息，蒋海亚跑向队尾。

“讲一下。”队伍立正。“现在向大家介绍一下你们的新队长唐晶同志。”张猛介绍着。

四个男兵笑起来。蒋海亚小声道：“糖精，还味精呢！”几个兵又笑。

刘前进厉声喝道：“笑什么笑？从今天起，你们都给我严肃点儿，别吊儿郎当的！”

张猛继续道：“从今天起，在唐晶队长的带领下，同志们要苦练拆弹排雷本领，努力学习专业技术，为我们的拆弹分队争取新的荣誉。大家记不记得我们拆弹分队是什么队？”

蒋海亚、卢宇森、胡晓天、孟军生等人齐声道：“英雄队！拳头队！尖刀队！”

张猛喝道：“对，我们是不怕死的英雄队，我们是排除万难的拳头队，我们是开路先锋的尖刀队。下面请唐晶队长给大家讲话。”

“同志们好。”唐晶敬礼。

卢宇森、胡晓天、孟军生齐声道：“队长好！”

蒋海亚的“糖精好！”淹没在战友的回答声中。

“十分荣幸能够成为你们当中的一员，从今天起，我们将共同学习、共同进步，不辱英雄队、拳头队、尖刀队的光荣使命，完成一切艰难险重任务。现在，我们开始第一科目训练，向盘马山主峰前进，向右转，跑步走！”唐晶铿锵有力的声音回荡着。

唐晶带队伍跑出营房时，张猛看看刘前进，刘前进看看张猛。

张猛说道：“太猛了吧。”

刘前进抬腕看看手表，问：“他们中午能回来吗？”

张猛感慨道：“我是担心唐晶这个队长能不能回来。哎，对了，是你告诉她那边叫盘马峰的？”

刘前进说：“没有啊，你听说过那个山叫盘马山的吗？”

“唐晶同志军事地形学学得很好，她很会命名啊。”张猛摇头又点头。

唐晶带队跑至盘马山脚下，蒋海亚、卢宇森、胡晓天、孟军生已经显得狼狈不堪。

“同志们，跟我来。”唐晶停下来道。

蒋海亚晃动着大脑袋，问：“队长，你走的路对吗？”

唐晶坚定道：“有山必有路，没有路我们找路，这是以后我们每天的必修科目，爬山。”

“啊？”蒋海亚、卢宇森、胡晓天、孟军生面面相觑。

卢宇森哀求道：“队长，咱们休息会儿行吗？”

唐晶严厉地说：“我说休息了吗？”

“我们又不是战斗部队！”卢宇森有些抱怨道。

唐晶更加严厉地说：“谁说不是？平时多流汗，战时少流血！”

胡晓天拉了拉蒋海亚道：“班长，你跟队长说说，我快死了。”

蒋海亚瞪着胡晓天，小声说：“我说休息了吗？别给老爷们儿丢脸。”

孟军生应和着：“别输给一个女的。”

胡晓天道：“还糖精呢，我看整个一盐酸！”

几人跟随唐晶上山，唐晶带领战士盘山而行。

与此同时，在唐晶的宿舍里，方放与那只小老鼠展开了大战。方放在洞口放了老鼠夹子，小老鼠从床下跑出，方放看见去追，老鼠乱窜。方放撞倒了衣架和脸盆，老鼠爬上窗户。方放紧追，一脚踩在唐晶的被单上，老鼠下跳。方放转身下床，扑向洞口。小老鼠一躲，老鼠夹子夹住方放的手，小老鼠趁机进洞。方放的手被老鼠夹夹住，捂手唏嘘，弄开夹子瘫坐在地上，看着满屋的狼藉和唐晶被单上自己踩上的黑脚印。

已近晌午，盘马山的主峰，唐晶终于带领战士们上来了。

唐晶解下武装道："原地休息。"

战士们累趴下了。唐晶解下背包，已经是满头大汗，汗湿衣襟。

蒋海亚试探道："队长，我们以后天天这样吗？"

唐晶看向山坳，观察了一下地形道："对，下个目标是那边那个主峰。"

卢宇森、胡晓天、孟军生看着那山峰突然头一垂，佯装死去。

蒋海亚苦笑道："队长，我们是拆弹分队，又不是陆战队。"

唐晶严肃地说："拆弹分队也要有陆战队员的体格，甚至要比他们更强，拆弹是体力和技术的比拼，没有好的体力，是难以胜任拆弹任务的。好了，大家打起精神唱首歌。"

胡晓天趴在地上，喘息道："队长，让俺们喘口气成吗？"

唐晶说："唱歌才有力量，蒋班长你起个头。"

蒋海亚问："唱……唱什么？"

唐晶说："《咱当兵的人》。"

蒋海亚踉跄着起身，打起精神喊道："起立，集合。"

在仓库站部，方放把唐晶的被单放到洗脸盆中，来到水房。他打开水，放了洗衣粉，刚准备要搓床单，水却停了。方放转了转水龙头，然后拍了拍道："什么意思？"抓老鼠没抓到，反而弄得队长的床单上几个脚印，他很是懊恼。当然，这个时候懊恼的不止他一个。

张猛在办公室给北方军区装备部的严部长打电话："部长好，那个唐晶同志已经报到了，对对，还不错，就是……我们想请求您能不能给我们换位男同志。"

不出意料，遭到了严部长的批评："换什么换，需要换的是你们的思想，你们要极力配合唐晶同志的雷区靶向目标科研项目的研究。"

张猛放下电话，觉得无比尴尬，刘前进忙问他："部长说什么？"

张猛直指自己的头："都是你让我打这个电话，老领导让咱俩换换脑袋，什么封建思想，女同志就不能拆弹吗？"

唐晶一点儿都不含糊，在盘马山的主峰，战士们盘腿围坐，她开始了考察工作："大家都什么学历？"

蒋海亚心直口快："队长，我们四个队员，学历最高的是胡晓天，他是大学生兵。"

唐晶伸手和胡晓天一握道："太好了，以后你就是我们班的课外辅导员，我们两个一对一或一对二地辅导其他队员的文化课，主要是物理和化学。"

蒋海亚疑惑地说："这么复杂吗？让我拆弹还可以，学习可真会要了我的命。"

唐晶一笑道："不学更要命，至少要学我们直接用得到的。我问大家，谁知道电磁感应装定技术的定义是什么？"

大家摇头。唐晶问："我再问大家，谁知道什么叫反坦克履带地雷。"

"队长，我知道。"胡晓天回答。

唐晶挥手道："请回答。"

胡晓天道："反坦克履带地雷是用于毁伤坦克及装甲车辆行动部分的地雷，简称反履带雷。"

唐晶微笑着说："很好！那么谁知道该类地雷采用的是何种引信引爆方式？"

蒋海亚回答："采用压发引信，在坦克履带压到地雷上时，地雷爆炸，依赖其爆炸作用破坏车辆的履带等行走部分，使之失去或减弱机动能力。"

唐晶点头道："很好，蒋班长，那么该类地雷的装药量有多少？"

卢宇森道："五公斤。"

孟军生说："五公斤以上。"

唐晶确认了大家的实力，又问："那么谁知道陆军水雷的威力及其排除方法？"

蒋海亚摇头道："我们都是旱鸭子，没排过水雷。"

唐晶讲道："我来教你们。"

胡晓天吃惊地说："队长，你太牛了，我真佩服你。"

蒋海亚看着胡晓天，拍拍他的肩膀道："淡定，淡定。"

唐晶笑着，捻起草丛中的一株蒲公英琢磨着。几个战士也笑起来。

张猛拿着一个牌子走到水房，方放正从水房里出来，撞见张猛说：“政委。”

张猛递给方放，吩咐道：“你去把这个钉在浴室。”

方放接过牌子一看，两面分别写着：男浴室、女浴室。

方放到浴室门口去钉，钉好上面的然后又钉下面的，还未钉牢，就听一个战士喊：“方放，是你的脸盆吗？来水了。”

方放忙应道：“哦，就来。”他拿着锤子跑向水房。

盘马山主峰，唐晶的野外课还在进行中：“陆军水雷打击的对象为中小型舰艇、水陆坦克等，相对于地雷，其装药量较大，其作用方式包括接触爆炸和非接触爆炸，陆军水雷按用途分为抗登陆水雷、江河水雷和特种水雷，陆军水雷主要由雷体、引信和辅助装置组成。”

胡晓天在孟军生的眼前挥了挥手，孟军生眨了下眼，说：“队长，你的声音很像我听广播里的那个主持人的声音，你给我们唱首歌好吗？”

战士们鼓掌道：“对，唱首歌。”

唐晶大方地问大家：“唱什么？”

卢宇森思索了一下，说：“《军港之夜》吧。”

蒋海亚摆手道：“太老了吧。”

胡晓天跳起来：“看谁唱了。”

唐晶柔声唱起：“军港的夜啊，静悄悄，海水把战舰轻轻地摇，年轻的水兵……”

几个战士晃动着身体，如同孩子一般，像被波涛洗礼一样。

舟车劳顿了一天，终于可以洗个澡了。唐晶明白这是仓库领导对她的关爱。拆弹小组的成员只得在晚饭后在洗漱间冲凉，几个男人光溜溜地互相拿脸盆对泼，嬉笑声传来。

方放敲了敲唐晶的门，唐晶打开门。方放立正敬礼道：“唐队长，现在站部通知你可以去洗澡了。”

唐晶眨眨眼道：“哦，知道了，谢谢。”

唐晶要关门，看方放站在那儿没动，问：“怎么？洗澡还需要你站岗吗？”

方放挠了下头，说：“不是，是那个……那个什么……”

唐晶皱起眉头说：“大小伙子扭捏什么？有话快说，我要换衣服了。”

方放又是一个立正道：“报告队长，老鼠没抓着，你的床单被我踩脏了，洗了还没干。”

唐晶一笑，看了眼床铺说：“多大点儿事儿，老鼠又不是老虎，你怕什么？”看了看墙角的老鼠洞，回身道：“小方同志，你能帮我找块砖头吗？”

方放高兴地说：“没问题，唐队长，你原谅我了？”

唐晶无奈地向他挥手道：“原谅原谅，快去吧。”方放欢快地跳着跑开了。

唐晶身着迷彩服，端着脸盆进了浴室。在浴室门关上时，门上的牌子下面的钉子脱落，牌子一下翻到“男浴室”的牌面。

唐晶喜欢水，这也是她选择海军的缘故，只是没有当成女水兵，却成了旱地里的刨弹手。

仓库门口，警卫班长王小虎对门岗的战士交代着：“今晚注意，有北京的车运设备来。”

门岗立正回答：“是，班长。”

王小虎拿着洗浴的包走向浴室，路上，他撞见方放。

“方放，你找什么呢？”

“我给唐队长找块砖。”

王小虎嘴向门岗的方向一努道：“门岗后面有几块。”

“谢了。”方放跑向门岗处。

王小虎走到浴室门口，看见“男浴室”的牌子，开门就进。唐晶见门打开，忙喊一声，同时把脸盆向王小虎砸来，王小虎抱着脑袋跑出来。

方放刚把一块青砖放在唐晶的门口，就听见浴室那边有喊声，忙跑过去。看见王小虎捂着脑袋出来，他诧异地问：“王班长，你这是干吗呢？”

“我可什么也没有看见。”王小虎捂着脑袋，扭身回头看着牌子，“今天不是男浴吗？”

“拆弹分队今天爬山，全湿透了，队长要洗澡。”方放严肃地说，看向牌子，“不对啊，我明明把牌子翻过来了啊。”

王小虎摆弄了下牌子，牌子在皮筋的作用下翻回到“女浴室”，他埋怨道：“你搞什么鬼！”

方放不好意思地说：“是我没有钉好。”

唐晶从里面探出湿漉漉的头，方放、王小虎急忙跑开。

唐晶喊道："站住！"两个人站住，却不敢回头。

唐晶说："麻烦你们个事，行吗？"

"求唐队长开恩，千万别告诉政委，我真的什么也没有看见。"王小虎紧张地说。

唐晶说："没有热水了，你们能帮我烧点儿吗？"

"没问题，唐队长，您稍等。"两人答应着，连忙跑开。

路上，方放问王小虎："班长，你真的什么也没有看见？"

王小虎说："我就看见白花花的，白花花的一个脸盆向我砸来，然后我就晕了三点五秒钟，就什么也不记得了。"

方放伸着指头说："还三秒还点五，你！我要报告给政委。"说完大步向前走。

王小虎赶紧拉住方放解释道："小子，我说的是真的！"

"唐队长，开水来了。"不一会儿，方放把两壶开水放在浴室门口，然后走到拐角的路边站定。他怕万一还有什么人冒失地出现。保护唐晶是政委交代他的特殊警戒任务。

这个时候，蒋海亚和胡晓天路过，方放拦住两人说："现在是女浴时间。"

胡晓天纳闷："我们去拆弹教练室又不是去浴室，你紧张什么？”

方放闪开道路，看着蒋海亚、胡晓天向拆弹教练室走去。

蒋海亚打开拆弹教练室的灯，只见里面陈设的是各种炮弹、地雷，还有拆开的引信。

蒋海亚对胡晓天说：“你不是很崇拜她吗？看我明天怎么收拾她。”

胡晓天不解地问：“你真的要为难队长？”

蒋海亚扬言道：“得杀杀她的锐气，一个女的骑在我们爷们儿头上，我们就没有抬头的日子了。”

胡晓天解释道：“咱们队长严是严了点儿，但我觉得人挺好的。”

蒋海亚摆弄着一个引信，把它装进跳雷里，冷笑道：“看见美女你就不知道自己姓什么了？井底之蛙！”

胡晓天反唇相讥：“青蛙总比癞蛤蟆好！”

蒋海亚看着胡晓天，不解地问：“你什么意思？”

胡晓天嘲笑道：“我看你想吃天鹅肉。”

蒋海亚直起身，生气地说：“有你这么跟班长说话的吗？你还想不想入党了，什么思想觉悟！”

胡晓天挠着头，不解地问：“这和我积极要求入党有什么关系？”

蒋海亚摆弄着炸弹，不理他这个茬：“告诉你，水雷咱爷们儿不会玩，这跳雷可是你哥哥我的拿手好戏。”

胡晓天看着他，提醒道：“队长还说要一对一辅导你的物理、化学呢。”

蒋海亚掏出个纸袋，把黏稠的液体倒进引信装置里，不屑一顾道:“本大爷没那工夫，我要能学习好，早考大学了。哎，你也是啊，大学毕业当什么兵啊？”

胡晓天一脸无辜，委屈地说：“我本来想当水兵，谁知道来这仓库扯弹玩。”

蒋海亚摆弄着机关，一本正经道：“这弹你扯好了也是个本事，就怕你玩不转。”

胡晓天好奇地问：“你玩什么花样呢？”

“这是酱油，哗……”蒋海亚摆弄好，双手向上一挥。

“看我们美丽的队长如何天女散花。”蒋海亚的微笑变得冷酷起来，“这地雷可不温柔啊。”

胡晓天惊讶地说：“你太过分了。”

蒋海亚抚摸着一颗炸弹，闭上眼睛，充满邪魅地说：“当我爱上冰冷的你，幻想着你的炙热将我融化。”

胡晓天笑道：“蒋班长，你还是诗人呢？”

蒋海亚看着胡晓天，不解地说：“你说这女人还真不简单，也不给我们来个自我介绍，有什么家庭背景，有没有前夫或者第三者插足,就这么生猛地空投到这山沟里,我觉得有点儿邪！”

胡晓天想说什么却说不出来，习惯性地挠了挠头。蒋海亚一打他的头，警告他：“你给我听好了，保密守则，今天晚上的事情你千万别给我泄露了。”

当夜，一辆军用迷彩房车驶进仓库，这是总部给唐晶配备的全军最先进的拆弹科研车，日后将成为唐晶特殊的闺房和她潜心科研的重要工具。

第二天，唐晶在教室开始了第一堂教学课。拆弹分队的四个战士早已经坐在座位上。唐晶从门口进来，门框上的一把扫帚掉下，唐晶一脚踢飞。扫把正飞落在蒋海亚的桌前，本欲看笑场的蒋海亚惊慌失措。

唐晶走上讲台。蒋海亚起立报告：“队长同志，全队上课集合完毕，应到四人，实到四人，是否上课请指示，值班员蒋海亚。”

唐晶一脸严肃，郑重其事道：“上课。”

蒋海亚喊道：“起立。”

几人起立。蒋海亚又喊：“坐下。”

唐晶首先从数据讲起，娓娓道来：“今天是我们的第一堂理论实践课，大家要知道，全世界有一亿颗地雷埋在地下，每十分钟就有一人被炸死或炸伤，每年被地雷炸死炸伤的人数超五万，甚至连大象这样的动物也难以幸免。”

蒋海亚看着唐晶教案前的几颗教练弹。

唐晶严肃地说：“大家或许已经接触和拆装过不少的地雷，那么我们从头开始，看谁能够对地雷这个概念给予解释？”

唐晶看向蒋海亚，道：“蒋班长！”

蒋海亚起立，道：“到，报告队长，俺只知道排雷，不会解释。”

“请坐，地雷是指设置在地下或地面、能杀伤有生力量和毁伤武器装备的爆炸物，在目标物理场（磁场、声场、振动场）作用下爆炸。地雷由炸药、引信、外壳三部分组成，按照用途，可分为防坦克地雷、防步兵地雷、防运输车辆地雷、建筑物爆破地雷、特种地雷以及防登陆水雷、江河水雷等。按发火方式分为压发、触发、松发、绊发、电击发和定时地雷；按起爆方式分为压发地雷、拉发地雷、松发地雷、触发地雷、定时自毁地雷、诡计地雷和自寻的地雷。”

随着每一句严谨、专业的词语从唐晶的口中蹦出，胡晓天不停地眨着眼睛，卢玉森、孟军生也不停地点头。

“下面我为大家演示一下跳弹的拆解方法。”唐晶说着，来到教案前，在跳弹前进行拆解。蒋海亚渴望的一幕并没有出现。

胡晓天看了看表，叹道：“太神了队长，这么快。”

蒋海亚一脸不屑道：“有什么！”

唐晶组装好，着重强调说：“拆弹看的不是速度，而是效果。百分之百的准确是胜利，出现一丁点儿的错误，就可能会丢了自己的性命，下面请蒋班长上前演示。”

蒋海亚站到教案桌前，拆解跳弹，就在一刹那，引信被激发，“酱油火药”噗地炸了蒋海亚一脸。几个人忍不住笑了起来，胡晓天斜着眼看蒋海亚的窘相。

“有什么好笑的？”唐晶说着，递给蒋海亚几张面巾纸，

“请入座。”

蒋海亚挠着头，不解地回到座位上，自语道：“有没有搞错？”

唐晶深入剖析道：“同志们，大部分的意外都发生在排雷刚开始或者要结束时，因为在开始的时候人们还没有做好准备，还不知道从哪里入手，在快结束的时候，他们看到了希望，以为马上就可以回家了。要知道，排雷者工作时必须非常谨慎、一丝不苟，否则就是在拿自己的性命开玩笑。所以，集中注意力非常重要，下面的科目大家要原地瞄准不动摇。”

下午的科目开始。蒋海亚等四人趴在地上，练步枪瞄准，锻炼注意力和忍耐力。唐晶威严地巡视着，不时地用脚踢一踢几个人的脚后跟道：“保持姿势。”

张猛走了过来，唐晶迎上去敬礼：“政委！”

张猛还礼，看了看表说：“这都四个小时了。”

“排雷手要有体力，有精力，还要有注意力和忍耐力，练不好不吃饭。”唐晶看向队员道，“这样的训练是基本功，这才刚开始。”

方放跑了过来，手里拎着一个布袋，里面一动一动的。

方放如释重负道：“报告政委、队长，老鼠捉到了。”

张猛看了一眼说："还不打死，拿这里来干什么？"

唐晶阻止道："别动，给我，麻烦你帮我找个笼子来。"

唐晶接过布袋子，然后对练瞄准的队员道："收队。"地上的几个人支撑了一下，又趴在了地上。

晚上，战士们吃饭时，蒋海亚用筷子瞄准唐晶的背影。唐晶打饭转身，胡晓天一把拉住蒋海亚。唐晶端着饭盒，看也不看蒋海亚，直接走出了食堂。

孟军生看着唐晶出门，问："队长干吗去了？"

胡晓天猜测着："队长应该去卡车房了。"

蒋海亚闭着一只眼吃饭。

卢宇森看着他，问："班长，你眼睛咋了？我看看，我给你吹吹。"

蒋海亚睁开眼，大声道："吹什么吹，我没瞎！"

胡晓天调侃道："蒋班长，你那酱油弹是怎么回事？"

蒋海亚思索着，自语道："怪了，怎么到了她手里……不可思议，好像这炸弹是她生的似的。"

胡晓天连忙捂住他的嘴，说："祸从口出，慎言慎言。"

孟军生问："大学生，啥叫慎言？"

卢宇森解释道：“就是叫你少说话。”说着起身刷碗。

唐晶进了迷彩房车，在案头的长玻璃箱里训练那只老鼠，在食物的诱饵上撒上了炸药的成分，并不停地移动诱饵，小老鼠紧追不放。

这个时候，张猛敲门，问：“唐队长，方便吗？”刘前进跟在后面。

唐晶应声开门道：“政委、主任，请进。”张猛、刘前进进来，看见里面布满了电子仪器，几台电脑正在运行，显示着数据、弹道和演算函数。

张猛关切地说：“唐队长，别光顾着搞科研，忘了吃饭啊。”

刘前进诧异地问：“怎么？你的粮食都喂这老鼠了？”

唐晶一笑道：“它能吃多少，这可是我们排弹分队的小队员。”

张猛很感兴趣地问：“你要把它训练成排弹老鼠啊？以前听说过，可没见过啊。”

唐晶点了点头道：“很有可能，老鼠对气味非常敏感，比狗排雷还有优势，比如，它的身体轻盈，就是踩在地雷上也不会爆炸，它一嗅出炸药的气味，就可断定地雷的埋放点。”

刘前进一脸严肃地问：“你有多大把握？”

唐晶认真地回答：“还处于试验阶段，老鼠长期储藏寻找食物，练就了类似猎犬的嗅觉，炸药所释放的特殊气息，会给经过训练的老鼠带来诱惑。”

刘前进笑着说：“我明天让通信员给你买几斤香蕉，供你和老鼠吃。”

“好，谢谢主任。”唐晶微笑着，一想张前进的话，“啊？”

张猛一拉刘前进的后襟，说：“唐队长，明天的靶向磁场实验，我与兄弟单位联系好了，你的房车和你的队员可以出发了。”

唐晶一个立正，敬礼道：“谢谢政委支持。”

刘前进俯身看向电脑，唐晶移动鼠标，讲解着：“这是我在院校和基层连队搜集的数据，经过分析整理和演算，为雷区靶向磁场目标定位提供了准确的科学依据。”

电脑屏幕数据翻滚，唐晶点击动画演示。刘前进看着，点头说：“嗯，不仅有密度，还有精度。”屏幕上计算机十字点锁定雷区。

唐晶点击屏幕分析道："目前广泛使用的金属探测器不能有效探测非金属地雷，这套设备旨在解决这一科研问题，结合实验现象，总结出声－地震耦合的原理、声波耦合地震波的传播特性，利用集总质量－弹簧－阻尼模型的分析方法，把地雷及其正上方的土壤等视为弹簧和质量块，初步分析耦合地震波与地雷、土壤所构成系统的谐振机理。"

刘前进和张猛眼睛一眨不眨地紧盯画面。

迷彩房车外，胡晓天、孟军生、卢宇森在门外向里窥探。

卢宇森揪着胡晓天的耳朵，小声道："看见'闺房'里有什么？"

胡晓天叫着："喂，喂，你轻点儿，我的耳朵。"

孟军生叹道："哇，里面整个一爱丽丝梦游仙境！"

卢宇森扒开他们道："我看看，让我看看！"

此刻，蒋海亚正在拆弹教练室里一堆教练弹前，盯着那颗跳弹沉思着说："邪了，你该炸的不是我啊。"

唐晶在最大的屏幕前为刘前地和张猛演示："这是功率谱幅值曲线。通过实验，得到了无地雷和地雷埋藏深度分别为九厘米、十一厘米、十三厘米的地表震动频率。

“结合相关干涉原理、耦合地震波的传播特性以及地震波与地雷的谐振作用机理对出现在曲线中的峰值进行解释，将有地雷和无地雷情况下的地表震动数据进行比较，发现 400-700Hz 声波激励时地雷的存在使地表的震动显著加强，可认为该频段为本实验条件下的最佳探雷激励频段。”

刘前进问道：“能探测到地雷的实质吗？”

唐晶自信地回答：“结合脉冲雷达探测、红外成像探测、中子探测、核四极矩共振探测以及综合探测技术，即可实现地雷泄漏物 246- 三硝基甲苯 (TNT) 来实现地雷的生物检测，任何爆炸都离不开它的实质介质，爆炸是最终的目标，下一步是排除和引爆问题。”

唐晶拿起一小圆柱装置，按动上面的红钮说：“这就是靶向磁场定位最后科目，通过电磁波场激发引信，引爆地雷和炸弹。”

外面传来唏嘘声，张猛和刘前进回身看去。唐晶早已观察到外面的动静，招呼道：“进来吧，你们几个，鬼鬼祟祟的。”

胡晓天在外喊：“报告！”

“进来。”张猛起身。

胡晓天等人进来，看到里面的设备，好奇不已：“队长，什么时候能够教我们？”

“掌握现代高科技的东西，你们要先从基本功练起啊。”唐晶微笑着，耐心地给大家讲解车内的设备。

北方军区某靶场，迷彩房车边。蒋海亚肩扛一个小型发射器，向雷区发射磁场信号源散弹。迷彩房车顶的雷达转动。

迷彩房车内，唐晶正在操作仪器，电脑显示定位的雷区雷弹数和散布间距。唐晶边操作边教胡晓天。

张猛和刘前进一边看着屏幕一边对照地图。刘前进说：“唐队，这是兄弟单位在山上布的‘雷区’。”

唐晶过去，胡晓天指着地图，惊叹道：“太神奇了，不差分毫啊！”

唐晶长舒一口气，下达命令：“好，大家集合，下面就看你们的了。”

训练是枯燥的，内容是重复的，生活的画面是叠加的。

唐晶的工作就是这样，整天带领战士在弹药库巡视，弹药库存放着各式炸弹和弹药箱。唐晶在教练室讲解各式炸弹，战士们拆装各式炸弹，在野外实际拆解地雷。蒋海亚一刀剪断触发雷引线，唐晶给他示范。

唐晶带队进行体能训练时，裤腿渗出血来，她的生理期来了。她是军人，也是女人。但在男兵营，没有人会对一个女军人有特殊的注意。自己的问题要自己解决。

在宿舍门口，唐晶看见方放路过，喊道："小方。"

方放停下脚步，问："到，唐队长？"

唐晶问他："这附近有超市吗？"

方放一笑："超市？小卖部都没有，怎么了？你要买零食？"

唐晶脸色略微一红道："没事。"

方放走了两步回过身来说："我一会儿出公差，你要是买什么给我写个条，我从县城给你带回来。"

唐晶高兴地说："好的！"她回到屋里，在纸上写着——牙膏、牙刷、洗衣皂、卫生巾，又觉得不妥，把"卫生巾"划去。她想了想，起身把纸团了起来，然后出了门。

唐晶进了迷彩房车，蒋海亚从不远处看着，然后走向迷彩房车边。

迷彩房车里，唐晶脱去军装正要换迷彩服，椅子上的迷彩服里有东西蠕动。唐晶拉起来往身上披，一条蛇盘在她的脖子上，吓得她大叫起来。

蒋海亚听见里面的叫声，躲到一边，捂嘴偷笑。

方放听见，跑过来问："唐队长，老鼠又咬你啦？"

唐晶把一条蛇从里面扔了出来，落在方放的头上滑下去，爬进路边草丛里。方放愣在原地。

唐晶镇定了一会儿，开门披衣走了出来。她走到方放边，拍了拍他的肩膀说："走了，小方。"

方放缓过神来，慢慢转身，跟着唐晶走去。

蒋海亚从房车边闪出，低着头走在两个人的后面。

在站部，猎豹吉普车边，唐晶请示张猛："政委，我想去县城买点儿东西。"

张猛关切地说："去吧，去吧，我本来早该放你假的。"

蒋海亚也跑上前央求着："队长，我也想去。"

张猛看着他，疑惑不解道："你去干什么？"

蒋海亚说："我去银行，给家里汇点儿钱。"

唐晶看着政委道："政委，我准假。"

张猛一指蒋海亚，命令道：“这次，你别给我出娄子，跟紧你们队长，别开小差。”

蒋海亚一正军帽，保证道：“是！政委。”他开门跳上车，随后又下车，忙给唐晶开门：“队长，请！”

唐晶上车，对方放说：“你也上来吧。”

方放也跟着上了车。车开出仓库。

宿舍里，胡晓天看见蒋海亚上了猎豹吉普，忙叫孟军生和卢宇森道：“快看快看，队长把班长拉走了。”

卢宇森哭丧着脸，无奈地说：“我没有这个机会了。”

孟军生疑惑道：“不会是开小灶去了吧？”

胡晓天回应着说：“蒋班长跟队长死磕，要不是我跟队长汇报酱油炸弹的事……”

孟军生大声说：“原来酱油炸弹是你整的，老蒋知道了不会饶了你。”

胡晓天一捂自己的嘴，似乎在警告着什么：“慎言，慎言！”

卢宇森看着窗外，垂头丧气地说：“再慎言，蒋班长也上了唐队的车了。”他拿脸盆出去。

孟军生在胡晓天的耳朵边言语："你状告得太少了，应该多多揭露蒋班长，这样才能在唐队长面前树立自己的威信，你是大学生，完全可以追追唐队长。"

山路上，一辆军用猎豹吉普行驶着。吉普车内，唐晶看向窗外，微风吹起她的秀发。蒋海亚斜看唐晶，不好意思地说："谢谢队长，给我这个外出机会。"

唐晶微笑着说："谢什么，都是战友，给谁汇钱啊？女朋友？"

方放眉毛一挑，瞥着蒋海亚说："蒋班长眼界高，老家的他一个看不上。"

唐晶笑着说："不会吧，地方上好姑娘多得是。"

方放调侃着，似乎不想放过蒋海亚，他说："他想找个部队的。"

唐晶似乎明白了什么，点了点头道："哦，注意纪律哦。"

方放笑笑，继续说："蒋班长倒是想犯错误，可这里是什么地方啊？大兵一排四面墙，操场食堂和营房，一步一动不回头，正步走着上茅房。"

唐晶发现蒋海亚看着车窗外发呆，就问他：“你有事？”蒋海亚回答道：“没事。”说完，继续看着窗外飞驰而过的树林。

唐晶点头说：“有事就说，我不喜欢我的兵扭扭捏捏的。”

蒋海亚回答：“我妈病了。”

唐晶一愣，问他：“那你为什么不早说，回去我跟政委汇报，准你探亲假。”

方放帮着蒋海亚说话：“蒋班长探亲假早用完了。”

唐晶思考着在想对策，她说：“那还有其他假可以批。”

方放又说：“蒋班长他妈老病着呢。”

唐晶问蒋海亚道：“你家还有什么人？”

蒋海亚低头回答：“没有了。”

方放说：“蒋班长，别瞒队长了，你说说你自己的事吧！这又没有别的人，是吧。”

司机班长看着前面的路说：“没事，你们说。”

蒋海亚说道：“以前的女朋友在照顾我妈。”

唐晶微笑着赞许道：“可以了，多好啊，你还嫌弃什么？”

蒋海亚摇头，唐晶似乎在劝蒋海亚，唐晶说：“蒋班长，别犹豫了，过了这个村可就没有这个店了，孝敬父母是头等的大事，一个人连自己的父母都不孝敬，还有什么友情和爱情？”

唐晶是个十足的孝女。一个将军的女儿从事拆弹行业，或许人们认为这是电影里的噱头，但现实中就是这样。作为独生女的唐晶，离开父母，来到深山，是她对事业的追求，但她时刻也未曾忘记父母。她去过大海，知道母亲宽阔的胸膛如海洋；她来到大山，知道父亲的支持坚若磐石。

山里有些雾，层层绕在山峦间。

方放指着不远处，向唐晶介绍道：“队长，那边是苍岩山。”

唐晶看过去，点点头说：“风景优美，草木繁茂，上山处处有风景，景景奇观，景景有典，自古享有‘五岳奇秀揽一山，太行群峰唯苍岩’的声誉，古木参天，层峦叠翠。”

方放说道：“队长，你行啊，你来过？”

唐晶看着刀削一样笔直的山岩，十分有感触地说：“来这儿之前我上网查过。”

蒋海亚疑惑地问：“队长，你那么了解我们大家，了解这里，但我们还不了解你，你能说说你自己吗？”

唐晶微笑道："也没有什么，很普通，和所有的女兵一样。"

唐晶在超市买东西时，蒋海亚在后面跟着。唐晶回身向购物筐里放东西时看见蒋海亚，吓了一跳，她说："你不是去银行了吗？跟着我干什么？"

蒋海亚挠着头，回答道："政委说让我不要离开你的视线。"

唐晶无奈地说："好，好，你在结账那儿等我。"

蒋海亚离开。唐晶走向女性用品处，正要拿卫生巾时，蒋海亚又出现了，他问道："队长，我可以买点儿东西吗？"

唐晶吓得手里的卫生巾掉在地上，蒋海亚赶忙去捡，唐晶制止道："不用你捡！"

唐晶脸色发红，有点儿嗔怒道："你……去买你的东西去！"

蒋海亚到了玩具柜台，挑了一把玩具手枪，然后去结账。

唐晶从超市走出来，把一包东西放到吉普车上。

一直在车边等着唐晶的蒋海亚说："唐队长，你能跟我去趟邮政储蓄吗？"

唐晶看着蒋海亚手里的玩具枪，笑道："你还有这个爱好？"

蒋海亚解释道："给我侄子的生日礼物。"

唐晶扬头说："你自己去办吧。"

蒋海亚犹豫着道："政委说不让我离开你的视线。"

方放在车里发话："队长，你跟着他吧，那边的长途车，他一上车就可以回家，三个小时的路，上次他就跑过一次了。"

唐晶想了一下说："我去查下工资，走吧。"

邮政储蓄银行里，办理业务的人很多，蒋海亚取上号排队，唐晶去柜员机查卡余额。

柜台处，一个中年客户对营业员说："快好了吗？"

营业员把大量现金移出窗口。中年人把钱放进自己的黑布包里。

营业员说："五十万，您清点一下。"

中年男子急匆匆地说："不用了。"急忙要离开。

突然，斜地蹿出一男子，他把刀架在中年男子的脖子上声嘶力竭地喊着："别动，打劫！"

一个保安上前，被男子一刀捅倒，人们大叫着散开。

蒋海亚见状，忙拆开玩具手枪对准劫匪，怒吼道："放开他，不然我一枪打死你！"

劫匪拉开自己的外套，身上捆绑着一圈圈的炸药布包，还有线头交织着。他一手拉着钱袋，一手按住一个线控开关恐吓道："都给我趴下，不然我全炸死你们！把枪放下，给老子让路！"

蒋海亚一怔，劫匪大叫着："把枪给老子扔过来！"

门口的人趴在地上，劫匪向门口移动。蒋海亚持枪的手慢慢放下。

柜台里营业员趁机触动了报警器。唐晶观察劫匪身上的炸药包，发现一根引线脱落垂在一边，没有连接在炸药包上。

唐晶冲上前。劫匪挥舞着双手大叫："退后，我要爆炸了！"

唐晶上前一脚将劫匪踹倒。蒋海亚机敏地冲上前，把唐晶推向一边，身体死死压在劫匪的身上。唐晶看着蒋海亚，这一幕这么眼熟，当年自己用身体压在一个战士身上，现在蒋海亚用他的身体压在劫匪身上。

唐晶蹲在劫匪身边，蒋海亚死死地闭上眼睛，唐晶喊他："蒋班长！"

蒋海亚睁开眼，唐晶一把揪出劫匪胸前的引线，然后拍拍蒋海亚的胸说："假的！"蒋海亚起身，将劫匪制服。

有顾客用手机拍下了这一幕。邮政储蓄门口，警车驶来。

一个英雄壮举，挽救了一段感情。

在北方军区枪械库招待所里，一张报纸打开，图片是唐晶、蒋海亚制服劫匪的画面。报纸折起，是黄莺俊俏的脸，脸上有一丝羞容，她说："你真应该感谢唐队长，是唐队长给你的这个二等功。"

蒋海亚举起红酒杯感激地说："来，我们敬队长一杯。"

唐晶一饮而尽。

黄莺微笑道："唐队长真豪爽。"

唐晶回应道："军人就应该豪爽。"

方放开门，看着蒋海亚说："蒋班长，你帮我一下，那兔子肉快好了。"

蒋海亚起身道："你俩稍等。"

唐晶眼睛一亮道："还有兔子肉吃？黄莺你待遇不错啊！去吧，去吧。"

蒋海亚出了门。

黄莺举杯，感激地说："唐队长，谢谢你，要不是你们这次上报纸，我还真不知道用什么方式看他呢。”

唐晶摆摆手道：“客气什么，蒋班长是个好男人，关键时刻能冲上去，你嫁给他肯定不会后悔的。你的眼光不错。”

黄莺点头说：“谢谢你唐队长，我来这几天，他天天提到你，是你挽救了我们两个。”

唐晶拿起酒杯，看着黄莺说：“本来不想喝了，看你这么抬举我，我再干一个。”

黄莺饮罢，给唐晶倒上。唐晶举杯说：“我自己来，你是我来山里见到的第一个同类。”

黄莺不解地看着唐晶。唐晶笑着道：“你现在是这山里的第二个女性。”

黄莺笑着说：“唐姐不会没有男朋友吧，你这么漂亮。”

唐晶自嘲道：“我这个人很自私，不适合谈朋友。我想好了，要么孤身一人，要么折腾一人。”

黄莺不解地问：“折腾一人？”

唐晶举杯，笑着说：“是啊，谁做我老公我就折腾谁，吓都吓死了，谁敢嫁我呀？！”

黄莺眼含泪水，颇有同感地说：“唐队长，我理解你，都是女人。”

唐晶也有些激动，说道：“你别刺激我啊。”她想起了前男友于志伟，一个海军陆战队队长。

这时，方放开门，蒋海亚端着一个锅进来，把锅放在桌子上。

门外有人敲门，方放开门，见是张猛，便礼貌地邀请道：“政委，请进。”

张猛进来，几人起身。

蒋海亚说：“政委，请吃兔子肉吧。”

张猛笑着说：“好啊，这谁做的？这么香。”

方放说：“在炊事班长那里加工的。”

黄莺移过一把椅子说：“政委坐吧。”

张猛说：“哦，你们继续，我找唐队长有点儿事情。”

唐晶跟着张猛出了门。

蒋海亚看着方放说：“小老乡，你告密啊？你可别给唐队惹麻烦。”

方放摸着脑袋，疑惑地说：“我告哪门子密啊！这兔子是我在山上打的，请队长来吃，不算我们行贿吧？”

在营区的路灯下，张猛说道：“航空兵演练中，一枚炸弹脱离控制，坠落在靶区以外，未能正常引爆，随时可能爆炸，一旦发生意外，后果不堪设想，兄弟单位请求我们紧急支援。”

唐晶问：“还有其他信息吗？”

张猛说：“只有航弹坠落的大概坐标，弹药性能不详。”

蒋海亚从后面跑了过来。

唐晶果断地说：“我们现在就出发，明天一早赶到。”

张猛点头道：“没有问题吧？”

蒋海亚说：“队长，我也去。”

唐晶一笑，说道：“你照顾黄莺吧。”

蒋海亚说：“我是你的兵，哪有上战场不带兵的头儿？”

张猛点头道：“我同意！”

在航弹未爆区域，唐晶带领蒋海亚、胡晓天、孟军生、卢宇森携带探测设备拉网侦讯，航空部队地面人员协同探测。

在聚能灯下，唐晶发现山沟里的弹坑，她指着弹坑说：“在这里。”

大家聚拢过来，只见沟坎上的炸弹，尾翼铁皮翘起，弹身

扭曲。

胡晓天说：“在沟坎上，队长我下去。”

唐晶说道：“你们别动，我去。”

蒋海亚说：“我跟你。”

唐晶挥手一挡说：“这又不是赶集，你们挖掩体，拉引线，准备弹药，引爆。”几个人快速行动起来。

唐晶下到沟底，一脚踩空，滑落倒地。她起身喘息着，头顶灯照向炸弹。

蒋海亚和胡晓天急忙问：“队长，没事吧？”

唐晶表情凝重道：“航弹损失严重，拉线，紧固炸药，准备引爆。”

战士们紧张而有序地操作着，皓月渐渐被乌云遮挡。唐晶发出命令：“引爆！”

胡晓天按动装置，孟军生和卢宇森捂紧耳朵，却没听到预期的声响。

蒋海亚建议道：“队长，明天再处理吧？”

唐晶看看月色说：“恐怕要有沙尘暴了，我们在野外，再不处置就没有时间了。”

孟军生问："队长，怎么办？"

唐晶想了一下，说："剪掉几个电雷管，增加电流，或许可以引爆。"

蒋海亚刚要动，唐晶就按住他说："我亲自来，黄莺还等你呢。"说罢，唐晶跳出掩体。

胡晓天惊讶地说："加过电的电雷管性能不稳定啊，随时都有可能……"

蒋海亚一拳把胡晓天砸倒，严厉地说："闭上你的乌鸦嘴！"

天空已经起了风沙，落在唐晶的脸上。唐晶摸了摸自己的胸口，平静了下自己的呼吸，然后伸出线路剪。一根、两根……当剪完最后一根线时，风沙已经遮住了唐晶的双眼。

唐晶用力向外摸索着，黑幕中伴随着巨大的响声，一团火光升起，冲击波把唐晶掀翻。

弹片伴着沙石从掩体上方飞过。蒋海亚大喊："队长……"几个人起身，找到被土覆盖着的唐晶。

聚能灯下，唐晶缓慢地睁开眼。蒋海亚等人赶紧关掉几盏灯。微光下，满脸是土的唐晶露出洁白的牙齿，笑着说："挺住，我还活着。”

大家抱成一团，笑声、哭声、风声混杂在一起。

山沟里的军械仓库，唐晶带领队员正在挖坑。蒋海亚用力地挥舞着铁锹。

孟军生气喘吁吁地问唐晶：“队长，这得挖到什么时候？”

唐晶直起身子，看着进展到一半的大坑说：“两人深就够了，能游个十米。”

胡晓天仰天大叫道：“不会吧，冬泳？”

唐晶微笑着说：“你的建议很好，这里游不开，我们会另找个地方。”

蒋海亚自告奋勇地说：“队长，这附近有个池塘，我和老板关系不错，可以借用一下。”

唐晶高兴地拍了拍他的肩膀说：“这个建议好，但我们这个也要挖。”

“水雷坑”变得越来越大、越来越深，蓄满水后，一颗水雷入水。

胡晓天有些失望地说：“唐队长，弄了半天就为了放这么一颗水雷啊。”

唐晶看着水雷，问胡晓天：“水雷不在水里，那它在哪里？”

胡晓天挠挠头。排弹队员站在“水雷坑”边，不知道从何说起。

唐晶讲道：“这种EM−52型是一款智能型火箭推送上升式机动水雷，它能有效识别航母等军舰的磁信号和声波信号，然后释放二百七十公斤重的弹头攻击目标，仅一枚就能击穿航母的船壳。这些水雷包括系留水雷和沉底水雷，可通过接触和感应如感应声音环境、磁场或水压等引爆。”

卢宇森惊讶道：“啊？太厉害了！”

唐晶继续讲解：“据相关资料证实，某国正在研制新型智能型水雷，不仅能在浅水区、河川出海口河床进行部署，还能在岸际以遥控方式开启、关闭或引爆，以灵活控制特定航道，反制敌军登陆艇或气垫船强行登陆。”

蒋海亚问：“这岂不是无法排除了吗？”

唐晶说道：“排雷工作任重而道远。”

孟军生问道：“唐队长，我们是不是也要学习排除水雷？”

唐晶说："目前我军拥有最先进的猎扫雷舰，该舰不仅装备有图形探测器，同时还装备了三条扫雷子艇，使探测判别更加准确，范围更加广。所以我们在实践的同时更要加强理论的学习。"

教学内容自然少不了理论知识，作为已经知道并且成为拆弹能手的拆弹分队，学习是温故而知新的事情。

正在上课的唐晶说："我们知道探雷的基本原理为电磁感应。地雷一般为金属铸制，当金属靠近探雷器铁圈时，铁圈里的电流就会发生变化，通过电流变化就可以发现地雷了。"

唐晶认真地在黑板上书写着"electromagnetic induction"，文字娟秀整洁。

张猛和刘前进走来，两个人拿着笔和本，坐在队员的后面。

唐晶回身发现了政委和主任。二人点头，示意唐晶继续讲解。唐晶提问胡晓天："胡晓天。"

胡晓天起立回答："到！"

唐晶问他："请你回答，什么叫电磁感应？"

胡晓天回答："闭合电路的一部分导体在磁场里做切割磁

力线的运动时，导体中就会产生电流，这种现象叫电磁感应。”

唐晶点点头说：“正确，请坐！卢宇森，在相同条件下，不同金属导体回路中产生的感应电流与导体的导电能力成正比还是成反比？”

卢宇森正在打盹。粉笔头在唐晶指间一弹，飞向卢宇森的脑门，卢宇森猛地起身回答：“跳雷！”

几个队员大笑。

张猛看着刘前进，感慨地说：“行啊，坐着都能睡着，你这失眠症得跟他唠唠！”

上课睡觉自然会付出代价的，唐晶自有她训练队员的办法。

这天，唐晶带领队员在老百姓的池塘边站定。池塘老农穿着大棉袄在一边抽着烟袋，看着他们。

蒋海亚报告着，他的声音铿锵有力：“队长同志，排弹分队活动完毕，是否下水，请指示！”

唐晶下达命令：“下水！”战士们脱去作训服，穿着短裤乱蹦，就是没有人下水。

唐晶问大家：“为什么不下水？你们不是都会游泳吗？”

蒋海亚说：“队长，游是会游，就是没在这个时候游过。”

唐晶话语一点儿都没有缓和的余地：“冬泳不仅仅让我们的身体受益，对大家的精神方面也有很大的帮助，上课不会打瞌睡，拆起炸弹来更有信心，战胜自己就什么都不怕了。今天你们必须都得下水。我喊一、二、三，你们就跳，谁不跳我就让他倒立着回仓库，一、二、三！”

大家都跳了下去，除了卢宇森。蒋海亚在水里扑腾。孟军生、胡晓天大叫着：“爽啊！”

唐晶看着卢宇森，问：“你怎么回事？”

卢宇森抱着胳膊，似乎很委屈地说：“你法西斯，你体罚战士。”

唐晶一愣。

卢宇森义愤填膺地说：“你不就是想整我们吗，让我们下水，你怎么不下水？”

蒋海亚游到池边，抬头看着卢宇森道：“卢宇森，你下不下来？不下来，我们几个上去把你扔下来。”

卢宇森指着水里的蒋海亚说：“我不下，凭什么当兵的下，当官的不下，条例中又没有规定非要冬天游泳。”

唐晶严厉地说道："卢宇森，你说的我都接受，冬泳被人们誉为'血管体操'，因为刚下水时血管会收缩，运动后又会膨胀；冬泳五分钟消耗的能量相当于地面运动一小时，可以治愈你身上的很多病。"

卢宇森倔强地说："我又没病。"

蒋海亚从水里出来,对着卢宇森喊:"卢宇森,你下不下来？"

卢宇森坚定地说："我不下，就是不下。"

蒋海亚冲上去要拽卢宇森，唐晶一挥掌挡住，她脱下作训服，里面穿着夏季体能作训服。唐晶跳下水，游起来。卢宇森看着，傻了。

当天晚上在食堂吃饭的时候，张猛看不到唐晶，便走到蒋海亚身边问道："你们队长呢？怎么一天没见她？"

蒋海亚看看胡晓天说："是啊，没注意。"

胡晓天回答："我上午帮她从宿舍拿了本弹道学的书，那时她还在迷彩房车里搞研究呢。"

张猛点点头说："好，你们吃你们的。"

张猛出了食堂，正巧碰到方放从一边路过。张猛叫住方放说："你去看看唐队，问她要不要打饭。"

方放想了一下说道：“哦，上次队长让我给捎了几箱方便面，晚上她一直在房车里做数据。”

张猛点头说：“我知道了，你去吧。”方放要走。

张猛又说：“你回来。”方放回身。

张猛对他说：“让炊事班做几个菜，你端过去。”

张猛回到办公室，刘前进问道：“你吃完了？”

张猛没回答，坐在椅子上喝水。

刘前进问他：“你怎么了？”

张猛说：“没事，对了，兵工厂加工唐队的磁场触发弹和引爆感应器怎么样了？”

刘前进说：“正在测试，需要唐队这几天去一趟，核对下数据。”

张猛起身，透过窗户看向外面不远处的房车。

方放端着饭菜盘子在迷彩房车门口喊：“唐队长，政委让我给你送饭来了。”里面没有反应。方放看车顶的雷达。雷达没有转动。方放在一个石台上放下饭盘。

“唐队长？”方放敲门，只听见里面有“吱吱”的声音。

方放推门推不开，便去撞门，门没开。他退后两步撞门，门仍旧没有开。他再退后好几步向前冲，撞在门板上，被弹了回来。

蒋海亚路过，嘲讽地说："玩命呢，你？"

方放起身说："唐队长？我叫了半天了。"

蒋海亚去敲门，没有反应，他向外一拉，门开了。

方放和蒋海亚对视一眼。蒋海亚看向他："你电影看多了吧？"

方放看到唐晶趴在桌子上一动不动，叫道："唐队长！"地上的小老鼠见有人开门，立刻跑开，跳上电脑桌。唐晶趴在电脑桌上一动不动，小老鼠抓着唐晶的头发"吱吱"叫着。

蒋海亚忙上前，看唐晶满脸通红。蒋海亚用手一摸唐晶的头，说："哎呀，队长烧晕了，快报告政委。"方放忙跑开。

蒋海亚对着小老鼠调侃地说："兵兵，你看着队长。"然后蒋海亚跑了出去。小老鼠一个立身，像是立正，它看着蒋海亚跑了出去。

蒋海亚、胡晓天抬着担架，孟军生给担架上的唐晶盖着军用棉被。几个人抬着唐晶向一辆军用中巴跑去。张猛、刘前进拉开车门，帮忙把唐晶的担架放进去。

几人上车。卢宇森走过来问：“怎么了？”方放看见他，却不理他，走开了。

卢宇森追上又问道：“方放，怎么了？”

方放一副爱搭不理的样子说：“我听蒋班长说了，你自己最明白！”

中巴开出仓库，在夜间山路上飞驰起来。

县医院里，病床上的唐晶从沉睡中慢慢睁开眼睛，蒙眬中看到护士的身影。

黄莺见唐晶醒来，忙说：“你终于醒了！”

唐晶看见在脸盆边拧毛巾的黄莺，想要起身，黄莺忙过来按住她的肩膀说：“你别动，你还烧着呢。”

唐晶扭着头问：“哦，我睡了几天了？”

黄莺伸出三个手指头：“三天了。”

唐晶疑问着说：“你怎么来了？”

黄莺说：“部队领导让我来的，他们都是男同志，不方便。”

唐晶明白了，脸色微红，说：“真不好意思。”

黄莺把毛巾放在唐晶的额头说：“军民一家亲嘛。”

唐晶微笑着说："谢谢你啊。"

黄莺也笑着说："我应该谢谢你才对，唐队长，我们领结婚证了。"

唐晶眼睛一亮，说："太好了。"

这时，病房的门被挤开。胡晓天被后面的人推了进来。

胡晓天回身，向着身后的人说："你们推我干什么？"

黄莺走来问："你们干什么来了，队长还没好呢。"

唐晶看见他们，招呼道："你们进来吧。"蒋海亚、孟军生走了进来。唐晶在黄莺的搀扶下起身，背后靠上枕头。

蒋海亚说："队长，你可把我们给吓死了。"

胡晓天也道："队长，你赶紧好吧，蒋班长还想让你参加他们的婚礼呢。"

孟军生说："蒋班长还想让你当婚礼主持呢。"

蒋海亚笑道："兼伴娘。"

胡晓天问："谁当伴郎啊？"

黄莺说："别瞎说，队长那么忙。"

"好啊，我答应。"唐晶看看大家，说，"卢宇森呢？"

蒋海亚道："哎，这混蛋，刚才还在呢。"说着，起身要出去。

卢宇森在门口现身，怀里抱着一大堆玫瑰，几乎遮住他的脸。

蒋海亚拉着卢宇森来到病床边。卢宇森深深鞠躬，眼睛却不敢看唐晶，他羞愧地说：“献给我最亲爱的队长！”

大家鼓掌。胡晓天说：“不对，不对，不是你最亲爱的，是我们最亲爱的队长。”

大家再次鼓掌。黄莺接过玫瑰，把玫瑰放在唐晶的床边。

卢宇森结结巴巴地说：“队长，我……那个……我……我……”

蒋海亚一打卢宇森的头，调侃道：“我个屁啊，再我，你还得掉水里。”

卢宇森说：“队长，我喜欢水，你住院这几天，我天天去冬泳。”

唐晶笑了，大家也笑了。

卢宇森说：“我代表我自己把玫瑰献给你！”

“你说什么呢，你？”

“你怎么变卦了？”

“什么叫你自己献的？”

大家脸色大变，一起质问。蒋海亚嬉皮笑脸对着唐晶说：“队长，我老婆在这儿，我也不瞒你，你是我们心中的最爱，这些玫瑰是仓库全体官兵献给你的！”

唐晶感动得眼泪流了出来。大家鼓掌。

黄莺抱住唐晶，欣喜地说：“唐姐，你太让我嫉妒了！”

太行山的日出红彤彤的。某兵工厂内停放着崭新的新型坦克。车间里。已经是中校的唐晶在电脑屏幕前，技术人员指着屏幕说：“这是雷区的函数值，这是地雷的气味值。”

唐晶看着回道：“火药的气味。”技术人员点头。

厂长拿着一件东西过来，说：“唐博士，让你久等了。”

唐晶起身向厂长敬了礼，说道：“厂长好。”

厂长双手把感应器递给唐晶说：“磁场引爆感应器。”

唐晶接过六厘米长、三厘米粗的感应器，满意地说：“终于接近镭射笔大小了，作战时携带很方便，很实用。”

厂长说：“我们反复试验了，基本达到理论值，地雷探测在成像以后通过超宽带红外线甄别合并这套软件，能够检测鉴别出大部分的虚警，通过气味分析逐步确定实际布雷点，通过程序发射器发射引爆装置即可全部排除雷区目标。”

“太棒了。”唐晶点头，挥挥手里的引爆感应器，“希望它能够为我们这次维和行动出把力气。”

科技的力量是无穷的，用现代化的排雷、拆弹设备无疑能最大限度地降低作业人员的伤残率。但人毕竟是主体，环境因素也影响着胜败。

在维和大本营的司令部里，乔治司令介绍维和区的情况：“这里是热带雨林地区，政府军与反政府武装双方布下了大量的地雷，雷场长期无人进入，植被生长旺盛。各种地雷被茂密的植被覆盖，致使人员和扫雷机械无法进入。雷患严重影响着经济建设和人们的生产生活安全。”

唐晶、蒋海亚、胡晓天、孟军生、卢宇森和维和排雷的外籍官兵在观察雷区现场。

蒋海亚看着现场说：“唐队，用你的引爆感应器引爆雷区？”

唐晶指向茂密的树枝，摇头道：“和我设想的不一样了，爆破扫雷很容易引起火灾，你们看。”

威廉军士说：“中校，使用火箭爆破器。”

唐晶看着大家，用熟练的英语说道：“火箭爆破扫雷容易挂在树枝上，无法降落到地面，用这招，丛林扫雷效果不佳。”

汤姆少尉提出建议：“不行就用扫雷滚、扫雷犁。”

唐晶否定了他的建议：“你们看，植被的根系这么发达，丛林根本难以发挥扫雷滚、扫雷犁的作用。”

卢宇森说：“队长，不行我们就亲自上去。”

唐晶解释道：“人工搜排清障太危险了，不能蛮干。”

乔治司令说：“几个国家的排弹小组为此都撤了，死伤了不少人。”

唐晶突然想起什么，说：“走，上房车。”

唐晶来到房车里，打开电脑，看着电脑上显示出的数据库。

她一拍桌子，坚定地说：“就是它——丛林排雷机器人。”

唐晶看看大家说道：“我们请求国内支援。”

胡晓天感叹着说：“队长，从来没有见到过这个家伙啊。”

唐晶自豪地说：“这是我们之前的科研成果。”

唐晶开动仪器，房车顶的雷达开始转动，车顶的高清照相机拍下了雷区图片。

唐晶在电脑里打开刚才拍的图片，在软件下调试画图。

“你们看，只需要让它能够自适应15%的横坡和45%的纵坡，这样就能在地雷爆炸时有效卸波，加强自身防护。”

蒋海亚有些疑惑，说：“它知道怎么扫雷？”

唐晶讲解道：“雷的布防有很多种形式，规律也多。”

孟军生说：“知道了雷的布防就很好排除。”

唐晶点了点头，说：“关键是我们不知道。我们这台排雷车，拥有电磁技术、红外成像技术，探地雷达系统，尤其是红外成像技术具有波长较短、显示分辨率高等优点，这就成为我们远距离雷场探测的主要手段。”

卢宇森显得有点儿失望，说：“那我们岂不没有用场了？”

唐晶头一扬说：“你怎么知道？”

这时外面传来爆炸声。几人互看一眼，急忙跑出房车。原来，一位当地政府军探雷战士踩中了另一区域里的地雷，前去营救的政府军士兵又撞上了一颗防步兵地雷。

唐晶带领战士迅速赶过去。

在雷场区，汤姆正在和当地政府军军官阮伟雄上尉交谈。汤姆试图阻止阮伟雄从边缘雷带走过。

“当年我参加过这片区域的雷场布设。”阮伟雄用英语说道，“这条边缘地带肯定没有布雷，我们从这里向外开拓。”

唐晶拉住阮伟雄，劝阻道：“先生，请稍等。”

唐晶仔细观察地形，经过判断，果断地说：“这是苏式布雷法中的典型雷场，不可能没有地雷，请你相信我，不要增加无谓的牺牲。”

阮伟雄仍要坚持，唐晶说：“我们探探路，然后你再决定。”说完，她看了眼蒋海亚。

蒋海亚携带探雷器开始工作。

这个时候，天空下起小雨。蒋海亚在不远处探出一颗地雷，并挖掘出来。阮伟雄看了看，向唐晶竖大拇指。

一条百米斜坡，坡倾六十度，唐晶带领分队及外军排雷战士沿途排雷。突然，胡晓天脚下一滑，滑下沟坎，唐晶一把拉住他，蒋海亚拉住唐晶，三人形成一股绳。

胡晓天的探雷器滑下，接连触动了几颗地雷。地雷相续爆炸。胡晓天被拉上来后，唐晶急忙说：“这里危险，斜坡和下面都是雷区，蒋海亚，给我拴绳子。”

蒋海亚给唐晶脚上系好绳子。唐晶头下脚上，在斜坡上探雷。唐晶挖出一颗地雷，双手被荆棘划破，打开的地雷保险阀被鲜血渗透。

雨水夹着泥土从她的身上流下来。

维和司令部内，副官向维和司令乔治报告：“中国军队还在排雷。”

乔治看了看表说道：“九十个小时了。”

副官回答：“现在已经清理了三个雷场。”

一根弓形嫩竹挡住了卢宇森，卢宇森正要拽，唐晶在他左侧喊道：“卢宇森，停！”

唐晶探测着泥路走了过来，示意卢宇森蹲下。

卢宇森蹲下，发现青竹根部缠着一根草绿色的细铁丝。“好险啊，队长！”他倒吸一口凉气，顺着铁丝拽出两颗地雷。

唐晶说：“这应该是新布不久的。”

孟军生正轻轻地把一颗木壳压发雷往上提，突然“嘎嘣”一声，孟军生紧张地闭上眼。过了一会儿，他睁开眼，左手罩住雷盖，右手掏大雷坑，发现压发雷下面连着一个炸药包。

蒋海亚脚下一滑，踩在一块硬土上。他向下看，脚踩在地雷上面了。

蒋海亚的心一下子提到了嗓子眼儿，声音颤抖着说：“队长……”

唐晶手指放在嘴边。嘘！她来到蒋海亚的身边，蹲下来，一点儿一点儿地扒开蒋海亚两脚边的泥土，一颗压发雷现出原形。唐晶小心翼翼地插上保险。

蒋海亚瘫坐在地上，胳膊又绊住了一根细钢丝。

“别动。”唐晶看向钢丝一边，一颗地雷被雨水冲刷得露出雷头，她冷静果断地剪断了钢丝。

在国内的军械仓库，站部里的张猛喝了口水站起来，拿起报纸翻看了两眼。他放下报纸，打开值班记录本想写点儿什么，又默默地合上。

刘前进坐在沙发上看书，抬头看了一眼张猛，道：“你怎么心神不定的，干吗呢？”

张猛学着刘前进的样子说：“干吗呢？你倒像没事一样的！”

刘前进宽慰他道：“怎么，你想拆弹分队了？我早就知道，丛林拆弹机器人估计快到边境了，你就不用担心了。”

张猛担心地说：“炸弹可不长眼，你没看新闻？反政府武装和政府又开战了，绝大部分排雷工作不是机器人能够干得了的。”

刘前进直起身，双手捂住自己的鼻子。

在维和部队，我军的排雷机器人被运到热带丛林的雷区。迷彩房车顶上的雷达转动。高清摄像机微动仰角。丛林拆弹机器人在目标地域行走、举升、俯仰，进行切割、铲抓等高效智能扫雷作业。

维和官兵看着机器人作业，激动地鼓掌、呐喊。唐晶在迷彩房车里运用无线遥控技术遥控机器人。丛林排雷机器人除灌、清运和扫除数十颗地雷，接着又引爆地雷。

乔治司令神色紧张地走到迷彩房车边，唐晶从里面出来，两人互敬军礼。

唐晶问：“司令有何指示？”

乔治严肃地说：“修公路的人员遭到反政府武装的袭击，政府军与之又打了一仗。修路机器设备受损严重，司令部请求贵军的支援。”

唐晶说：“要我们参加战斗？”

乔治点了点头，说：“排雷，反政府武装在该镇公路布下了大量地雷，如果不排除这些地雷，这里就成了死镇。”

唐晶说：“明白。”

乔治解释道：“首先要排除路边的一辆汽车炸弹，打开通道，我们会派军队保护你们。”

唐晶不解地看着乔治，乔治点头道：“是的，反政府军随时会突击该镇。”

村镇口的一条公路的路面上有不少弹坑，还有燃烧的卡车和修路设备，一片狼藉。

乔治指着一辆车说：“那辆轿车上装满了炸药。”

唐晶示意蒋海亚、卢宇森为自己穿排爆服，乔治命令维和部队占领有利地势掩护唐晶。

狙击手就位。

不远处传来零星的枪炮声。

唐晶走到轿车边观察，她打开后车门，发现车内满是炸药。

唐晶通过排爆服头盔里的对讲机向乔治传达命令：“可以引爆。”

乔治下达命令：“装药，引爆。”

战士们引线，搬运引爆炸药，卢宇森穿着排爆服，走到唐晶身边，布置炸药。

轿车前排有晃动。唐晶关上后门，向前门走过去，只见副驾驶座位上坐着一个被铁链捆绑着的妇女，妇女的嘴被胶带粘着。

唐晶连忙通过对讲机说道："取消引爆。"

乔治不知所以，问："什么情况？"

唐晶回答："汽车炸弹里发现人质。"

乔治马上下达命令，说："取消引爆。"

唐晶走到妇女身边，妇女眼泪汪汪，一副充满求生的表情。唐晶动了动妇女的链子，妇女被捆绑得结结实实。

唐晶道："请求排除炸弹，我得找到引爆装置。"

蒋海亚拎着老鼠"乒乒"的木箱，"乒乒"跑了出来。拆弹分队远远地看着唐晶，维和战士观察一边的情况。

为了行动方便，唐晶脱去了排爆服，命令蒋海亚："你走开。"

蒋海亚不无担心地说："队长。"

唐晶瞪了一眼蒋海亚，蒋海亚撤离。

"队长怎么了？"

孟军生睁大着眼，卢宇森张大着嘴，胡晓天一副惊恐的表情，乔治则紧紧地盯着轿车。

唐晶撕开人质嘴边的绑带，人质说着什么，唐晶问道：“你会说英语吗？”

这时，枪响了，轿车前挡风玻璃被击碎，人质被击中身亡。第二声枪响，唐晶急忙跃向一边，子弹打在车框上。

维和部队狙击手发现了远处土坡上的反政府武装，双方交火，反政府武装的狙击手被击毙。

老鼠“乒乒”在车内窜来窜去，它嗅到人质背后的靠背。唐晶撕开靠背，发现人质靠背后面的引爆装置，立即拆除。

唐晶举手，示意乔治：“拆弹完毕。”

拆弹、排雷、吃饭、睡觉，维和行动的每一天都紧张而充实。这样的生活每天从早上开始至晚上结束，如同男友于志伟说的一样，唐晶“天天似乎活在剃刀刃上”，稍不留神就丢了性命。

“兵之利刃！”舰艇上，唐晶对于志伟说。

于志伟问她：“为何出此感慨？”

唐晶仰头问于志伟：“你不是说我活在剃刀刃上吗？”

于志伟看看她，唐晶低头看舰艇下激起的浪花，说：“你们陆战队是兵之利刃，不为过。”

“兵之利刃。”于志伟重复着唐晶给自己的封号。

身着海军迷彩作训服的唐晶正在谨慎地拆除一枚炸弹，黑亮的眸子盯着炸弹上红蓝黄相间的几缕引线。她掏出剪刀按住红线，稍一迟疑，把剪刀插进黄线里。突然，手机铃声响起，唐晶放下剪刀掏出电话，低语道：“这是我的决定，你就别再说了。”

电话另一端的于志伟激动地说道：“你太自私了，你从来就不考虑别人的感受，你就爱地雷、炮弹和炸弹，你根本就不爱你的家人和爱你的人。”

唐晶明亮的眸子一闪，细声细语道：“我不爱炸弹，我爱祖国的每一寸土地，我现在没有时间跟你吵架。”

唐晶挂掉电话，把剪刀放在蓝色线下一剪，炸弹爆炸了……

唐晶敲开他的门，喊他到海边训练。来到海边，于志伟把弹夹拆下来给唐晶，开始教她战术。

“这招叫一招制敌，你将来会用到。”说着，他翻身倒地，“我起来的时候你递给我。”

唐晶点头。于志伟腾空而起，说道：“弹夹。”唐晶扔了过去，于志伟接过的却是一颗手雷。

手雷爆炸了……

正在航空母舰舰员休息室里休息的于志伟从噩梦中惊醒，满头大汗，喘息着。一天的训练使他很疲惫，稍打一个盹就梦见了唐晶。唐晶从军械学院到基层带职锻炼这件事他是知道的。临下基层前，两个人为拆弹的事情大吵一架并且决定分手，于志伟不希望唐晶继续从事这样危险的职业，唐晶自然不会听他的劝告。两人的关系似乎到了冷战时期。一个炸弹少校专家，一个航母陆战队中校，现在通讯也中断了，以致于志伟在梦里梦到唐晶拆弹时还能够与她通电话。

一年多了，自分手后，于志伟不知道唐晶去了什么地方，手机一直处于关机状态，偶尔有信号的时候也是“您所拨叫的号码不在服务区”。他对她的感情难以言表，他担心她，一个活在剃刀刃上的女人，什么样的男人敢爱上她。于志伟有时候在想，自己这么牵肠挂肚，不知道将来为哪个男人做贡献了。

什么贡献呢？就是一种牵挂，希望唐晶每一天都平安，希望她每天的音容笑貌就在眼前。这点儿奢望对城市的男女恋人不是什么事，而对于他们两个来说，却是一件很难的事情。身在大山里的唐晶，手机经常没有信号。

于志伟走上航空母舰的甲板，这时，一架舰载机在舰面降落。身为第一名登上航母的陆战队军官，于志伟感到无上光荣。他看着舰载机驾驶员出机舱，深深的一个呼吸。政委走过来，于志伟向政委敬礼，政委还礼。两人身后，一排男女并行的士兵列队走过。

政委说："怎么，在想你的拆弹专家？"

于志伟立正，道："政委，您怎么知道？"

政委食指一按于志伟的胸前，说："你要想她，就去看看。"

于志伟说："现在训练紧张，我就不去了，再说了……"

政委问："什么情况？"

于志伟道："我都不知道她现在在哪儿。"

这是事实，于志伟已经失去了唐晶的联系方式，他唯一能够与唐晶联系的只有手机了。他看向手里的手机，手机屏保是唐晶嫣然的笑容。

当然，在航母上，这手机是不能使用的，于志伟也只是把手机的屏幕当成电子相册，经常看一看唐晶的照片而已。

往事已成云烟，于志伟是考虑过唐晶的工作的，他甚至背着唐晶为她寻找更好的“出路”。他的态度很强硬：“这是调令，你跟我去南海基地吧。”

唐晶笑着说：“那又不是想去就去的，我喜欢大山，那里的清静可能会更适合我。”

于志伟自有他的想法：“我本以为你会摆脱拆弹专业，别今天还在，明天就见不到你了！”

唐晶也有自己的坚持：“巴顿说：‘一个职业军人的适当归宿是在最后一战中被最后一颗子弹击中而干净利落地死去。’”

于志伟问道：“你什么意思？你真的想以拆除炸弹为生？”

唐晶微笑着回答：“我们在一起为什么总会吵架？”

唐晶不知道自己为什么会想起于志伟，那个陆战队长啊，与其天天让他为自己担惊受怕，还不如分开得好，这样，大家都会有各自的归宿。

一辆军车停在仓库门口，首长秘书下车，拉开车门。唐大龙身着便服从车上走下来。两人向门口走去。

门岗战士拦住说："请出示证件。"

秘书回答道："首长要去见下维和归队的唐晶同志。"

唐大龙出示证件，战士看是北方军区中将，马上敬礼："首长，唐队长在那边房车里，我马上通知主任和政委。"

唐大龙道："不用了，我们见一面就走。"唐大龙和秘书走了进去。

迷彩房车处，唐大龙走到车门口。秘书看了看，走向一边。

唐大龙敲门，里面传来唐晶的声音："门开着，请进。"

"谁呀？"唐晶正在电脑前测算着什么，她回身看到唐大龙微笑着，激动地说，"爸，你怎么来了？"

唐大龙道："我去参加演习，顺便来看看你。"

唐晶问："我妈她好吗？"

唐大龙说："好，很好，就是想你。"

唐晶笑道："哪有妈妈不想女儿的。"

唐大龙说："你黑了。"

唐晶坦然道："姑娘不黑，小伙儿不追。"

战士宿舍内，胡晓天从外边跑进来宣布：“特大新闻，门卫说一个中将前来看望唐队长。”

孟军生说：“哎呀，我一点儿准备也没有啊。”

蒋海亚道：“太突然了！主任、政委干吗去了？”

卢宇森说：“军区首长又不是来看你？你紧张个啥？”

“走，我们去看看去。”胡晓天说。

蒋海亚说：“你别给我们仓库丢脸。”

胡晓天道：“我们总得列队欢迎一下吧。”

卢宇森说：“对！对！快走。”

蒋海亚道：“紧急集合，穿军装，扎腰带。”

战士们打起背包。

唐大龙充满怜爱地对唐晶说：“忙完这段时间，休个假，回家看看你妈妈。”

唐晶眼含泪水，点了点头。唐大龙拍拍唐晶的肩膀说道：“闺女，我先走了，照顾好自己，工作上小心谨慎。”

唐大龙转身离开，唐晶擦去泪水，跟着唐大龙出了房车。

蒋海亚带领战士全副武装列队，看到唐大龙出来，连忙一个立正道："首长好！"

唐大龙回敬道："同志们好。"

唐晶微笑着说："父亲，这是我们的拆弹专家队。"

父亲？战士们感到诧异。

"同志们做着高危的工作，时刻与死神搏斗，为祖国每一寸土地的安全做出了极大的贡献，我为你们自豪，我代表一个老兵向你们致以崇高的敬意！"唐大龙说着，敬了一个礼。

战士们整齐地还礼，齐声道："为了祖国每一寸土地的和平！我的光荣，我的使命！"

车里，秘书问道："首长，军区派唐晶和她的拆弹分队配合海军攻岛的事情，您跟她说了吗？"

唐大龙说："这是军人的使命，说与不说都不得违背。"

秘书道："那些极端分子可是亡命之徒。"

唐大龙看着巍峨的群山，说："我知道，唐晶是自己主动请战的。"

秘书不解地说："首长……"

唐大龙无奈又自豪地说："谁叫她是我的女儿呢！"

秘书说：“军区内参对唐晶的科研进行了高度评价。”

唐大龙微笑着，点了点头。

通过海军作战室里的大屏幕可以看到，一群极端分子强占了 D 岛。水雷在海面时隐时现。极端分子在岛上设置了地雷，持枪站立，又将人质押往地坑。人质有男有女。

拆弹专家队的战士们仔细地观看着大屏幕，屏幕上显示着极端分子头目海啸的照片。

作战室内的灯亮了。

陆战队队长于志伟站到屏幕边给大家介绍着：“这是国际刑警组织通缉的海盗，他的绰号叫海啸，亚洲人。他劫持游轮、贩卖毒品、走私军火、杀人越货，无恶不作。这次，我们陆战队的任务是占领 D 岛，解救人质，排弹专家队的主要任务是越过水雷区后排除沙滩雷和陆地雷，为陆战队开辟道路。下面我们来看下沙盘。”

会议桌面自动拉开，下面的沙盘升起。于志伟手拿镭射笔指向沙盘海面：“这里是水雷的布控区……”

于志伟？该出现的总得要出现，但唐晶怎么也没有想到会在这里见到于志伟。

几年前，唐晶在海训场拆除一个未爆弹后，于志伟正带领陆战队新战士进行手榴弹实弹投掷训练，一名战士不知道怎么将手榴弹掷在了自己的脚下。训练用的手榴弹重量为五百克，威力很大，必须使用一公斤以上的拉力才能将拉火环与弹体分离，那个战士显然力量不够，又提前松手，手榴弹挂在自己的手臂上晃荡。站在两米外的唐晶迅速冲上去，想稳定住他的手臂，但那个战士一紧张坐到地上，挂在臂上的手榴弹一下子从拉环上分离，摔落在唐晶的面前。该型手榴弹的爆炸时限在 3.7 秒至 4 秒之间。唐晶跨越战士去捡弹投掷已显然不可能，她立即伸出手臂，拽起地上的战士朝爆点反方向两米外的沙包掩体全力猛扑过去，并将战士压在自己的身下。当他们着地的时候，手榴弹爆炸了，气浪扑面，弹片四处横飞，两人逃过一劫，但还是受了伤。于志伟天天去医院看望唐晶，两人的情缘就此开始。伤愈后的唐晶重新回到北方军区的军械学院。

海面上，唐晶站在一艘舰艇上，用望远镜察看 D 岛水域。水雷在海面上时隐时现。

唐晶放下望远镜，看着海面，说道："队长同志，白天我们暴露得太明显。"

于志伟回答："是的，你们上了沙滩就暴露在极端分子的射程之下，成了活靶子。"

唐晶反问道："那排雷还有什么用途？你不如用舰炮轰击。"

于志伟耐心地讲道："主要是考虑岛上人质的安全。按作战部署，晚上攻岛。有必要的话，你们可以滑降D岛。"

唐晶坚定地说："我还是地面引导你们。"

于志伟按捺着心里的激动，终于又见到唐晶了，而且是参加同一场战斗。这样的重逢，人生能有几回？此时，他才真正理解了唐晶，坚毅与忍耐是一个优秀女军官必须具备的品质，尤其是拆弹作业，没有一种精神、没有一种毅力是难以胜任的，强烈的责任心势必让她失去人生很多美好的追求，比如爱情。

于志伟望着远处的海平面，问唐晶："排雷，你有多大的胜算？这跟拆弹一样吗？"

唐晶望着天际，说道："这是我们的专业，看你们陆战队员的速度有多快。"

于志伟向唐晶敬礼道："我们会沿着你们开辟的道路前进。"

唐晶长舒一口气，问于志伟：“你没有留言吗？”

于志伟一愣。唐晶说：“写点儿什么吧，我每次执行任务都会留下几句话。”

唐晶说完走开，到了排弹专家队员旁说着什么。于志伟若有所思地看着他们。

唐晶很清楚地记得，于志伟让她成为一名真正的海军战士。汽笛长鸣，军舰缓缓离开码头，站在甲板上，唐晶的心随着底舱发动机的转动越跳越快，这可是她第一次上舰艇。

望着海面上翱翔的海鸥，唐晶喃喃细语：“登上舰艇，我现在就是一名真正的海军了。”

身边的于志伟刮着她的鼻头，温柔地说：“你要知道，没上过舰艇出海的战士永远不是真正的海军战士。”

驾驶室、航海室、雷达室……顶着风浪，在于志伟的带领下，唐晶把艇上所有的战位转了个遍。

于志伟说：“在海上航行几天，你就会知道闭塞环境里的那份孤独，所以我特别理解你拆弹的孤独。”

唐晶看着于志伟，于志伟看向海面，他说：“现在还算是风平浪静，一旦起风，几米大浪掀来，船体倾斜几十度，吃饭和休息都成问题。海上陆战队员永远是掉皮掉肉不掉队。”

唐晶从于志伟那里了解得越多，就越觉得自己不能给他一个平静的生活。对于一个长年在舰艇上生活作训的陆战队长，她不能从生活上照顾他，也不能从心理上给他舒服的空间。她给予不了别人，却始终得到别人的爱，这不是她的性格。

其实唐晶遇到于志伟何尝不是一种机缘，在这个世界上，谁会真心守候一个时刻在生死边缘徘徊的人呢？放弃，何尝不是一种给人幸福的抉择呢？爱，更多的时候需要放弃，为了别人的幸福而放弃自己的幸福。

一个陆战队队长、一个拆弹排雷分队队长，没有儿女情长，只为了同一个目标——夺回D岛、解救人质，守护祖国的荣誉。

陆战队员在进行攻岛训练。于志伟带领队员攻击靶向目标，目标被击中。于志伟翻身换弹夹，战士快速向目标挺进。两栖破障、掠海突击、垂直打击……

海面上，排雷艇在演练作业。唐晶带领队员观看排除水雷训练。

卢宇森不小心掉进水里，蒋海亚拉他上来，问道：“怎么样？冬泳没有白练吧。”

卢宇森喟叹道：“我还是喜欢穿排爆服，至少稳当。”

陆地上，唐晶推着一人高的蒲公英风车。

孟军生问：“队长，这是什么高科技？”

唐晶说：“不是高科技，很简单，海边风力大，足以推动它们向前进。”

胡晓天明白它的作用，他说：“这是蒲公英扫雷车啊，你什么时候想到的，队长？”

唐晶说：“我们第一次爬盘马山的时候。”

蒲公英排雷车中间是一个铁球，向外三百六十度延伸着一百八十根竹竿，它的脚是圆形的塑料碟子。唐晶讲道：“我们多做几个，一是吸引极端分子的注意，另外还可以凭借风力完成未爆的处理。”

深邃的大海在夜色里显得狰狞恐怖，一艘大型两栖船坞登陆舰带着几艘水面舰悄然接近位于南海深处的 D 岛。猎扫雷舰抵达目标海域。三艘扫雷子艇展开战斗队形，雷达、声呐紧紧盯住海面和水下的每一个目标。

“右舷十五度，距离三百米发现可疑目标！”

“左舵五！”随着唐晶的一声声口令，扫雷舰向下一个目标靠近，两千米、一千米、五百米，探测显控台里的图像越来越清晰，识别显控台判断出目标类型。

海风漫卷，浪潮翻涌。数米高的海浪，不时地砸向唐晶和几个蛙人乘坐的冲锋舟，时而将冲锋舟抛向浪尖，时而又将冲锋舟拽入波谷。置身于汪洋大海，千余斤的冲锋舟好似浮萍，飘摇不已，一个浪过来，冲锋舟的倾斜度超过了五十度。

陆战队员乘坐的气垫艇在前方唐晶的冲锋舟引导下躲避雷区，快速向D岛正面挺进。“离岸四千，准备抵滩登陆！”于志伟果断地命令陆战队员。

三千米、二千六百米……随着离岸距离的缩小，气垫艇有规律地降低航速，确保航行状态。

“注意雷区，按拆弹队冲锋舟引导前进。”于志伟传达着命令，驾驶室玻璃上的水雾被海水冲刷着。队员们避开水雷区在岸滩登陆。

沙滩上，陆战队员扑倒在地。唐晶的简易设备半矗立在海水边，电脑屏幕在夜视状态下显示出雷区的布雷点。唐晶命令蒋海亚发射与电脑相连的火箭引爆散弹发射器，散弹准确布控在雷区各个雷点的边缘。唐晶下令：“引爆！”胡晓天手持引爆装置，雷区被引爆，火光冲天。礁石上的极端分子向火光处的“蒲公英风车”开枪。陆战破障分队随即发射火箭弹，将极端分子的前沿工事摧毁并压制敌方火力。在突破口，唐晶带领拆弹分队冒着枪林弹雨探测路径。一名陆战队员踩中一颗地雷，被炸翻。迅速抢滩的陆战队员与极端分子激烈交火。蒲公英扫雷风车向岛礁冲击，不时地引爆所触动的地雷，陆战队员随在其后向极端分子进攻。

海面上，扫雷艇开始扫雷。发现水雷，布设扫雷具。一颗水雷被引爆。岸滩上，唐晶带领卢宇森、孟军生摸爬到岛礁雷区边缘。

卢宇森说：“还有雷区啊？”

唐晶已经拉起一颗地雷，说道：“岛礁下面全是，命令舰艇向岛礁开炮。”

孟军生说：“太近了，就在我们头顶上。”

这时极端分子的机枪扫了过来，正在排雷的孟军生被击中。唐晶一推卢宇森，喝道：“隐蔽。”并把受伤的孟军生拉到了弹坑里。

于志伟向着极端分子开枪阻击并向唐晶靠近。唐晶向于志伟大喊："呼叫舰艇炮火支援。"

于志伟道："这太危险了，你们还要排雷呢。"

唐晶说："快去报告方位！"

唐晶翻滚开，带领队员向前摸去。于志伟用无线电报告方位，海面上的"正定"号舰发射出一枚枚炮弹，砸向极端分子控制的D岛暗礁滩工事。霎时，火光四起，岛礁上的极端分子被炮弹炸翻。

唐晶在火光中排除岛礁下面的地雷，为登陆部队打开安全通道，陆战队员跟进冲上岛礁。海岸边，另几艘快艇停靠，增援的陆战队员在前期破障分队开辟的线路下快速跟进。

陆战队队员同极端分子进行激战，有的极端分子被击毙，匪首海啸带领残余的极端分子向岛礁中后部的防御地收缩，企图依托有利地形和工事进行顽抗，集中火力阻止登陆部队向纵深推进。

于志伟用无线电报告方位，海上我军舰艇上的两架舰载直升机迅速升空。直升机在D岛上空盘旋，在地面陆战队的火力掩护下，陆战队滑降分队组织的垂直突击群开始滑降，并在空中向岛礁工事后的极端分子进行射击，队员们如一个个飞鹰落地，快速实施“斩首”行动。

唐晶的拆弹分队为地面陆战队开辟了一条道路，于志伟带领队员迅速展开攻击。穷凶极恶的海啸向正在排雷的唐晶射击，于志伟掩护唐晶时被海啸击中大腿。唐晶捡起于志伟的枪翻滚到一边，于志伟将弹夹扔给唐晶，唐晶跃起的同时接过弹夹装上，落地时向海啸射击，海啸应声倒地。

冲上D岛岸滩的几路陆战队员，迅速合拢，围歼了残留的极端分子。

D岛被收复后的第一次日出，如此灿烂。唐晶持枪站在岛礁上，陆战队员们在清理现场。海边，我军登陆舰停靠，溃败缴械的极端分子被押解上舰。被解救的人质走过沙滩，登上快艇。太阳冉冉升起，担架上的于志伟看着唐晶，灿烂而明朗地笑着，敬了个军礼。

北方军区装备部，严部长关切地看着唐晶道：“唐晶同志，这是新的挑战。”

唐晶随着部长看向大屏幕，部长继续说：“这是一种新型的地雷爆炸物，红外线和声波引信炸弹，它能识别敌我并且根据实际情况实施爆破，杀伤敌方的人员、装甲车辆和舰船，简单的扫雷和一般的科技甄别都难以对付它……”

唐晶思索着回应：“魔高一尺，道高一丈啊。”

严部长眼睛一亮，看向唐晶说道：“把这个新任务教给你！你的分队既能拆弹，也能排雷，可是全军全能的专家团队啊。”

唐晶回答：“我试试吧！”

严部长说道：“要排除地球上所有地雷需要一千多年，需要动用成千上万的排雷人员，所以说，排雷工作永远不会停止……”

唐晶敬了个礼，坚定地说：“我深爱我的祖国，愿世界的每一寸土地都充满和平。”

这不是简单的豪言壮语，军人的荣誉植根于祖国的大地。

严部长继续说道：“另外，你上次提出应重视机器人拆弹排雷研究的建议，首长很重视。我们专门跟国防科技大学进行了沟通，他们认为这个课题很好，已迅速成立了课题研究小组，你被任命为这个小组的副组长。你的专业知识和实践经验将进入电脑程序，指挥机器人拆弹排雷，如果成功，功德无量啊。”

唐晶坚定地回答：“我一定全力以赴。”

海边，是最适合畅想的地方。唐晶和于志伟轻松地走着。蒋海亚等四个拆弹分队队员全副武装，从远处跑来。

“队长，你什么时候归队啊……”

晚霞映照在唐晶美丽的脸颊上。于志伟问唐晶：“你想什么呢？还想你的拆弹分队？”

“没想什么呀。”唐晶微笑着，转头望着于志伟，“你伤好了？”

“好了。”于志伟抬抬腿，佯装着强壮的样子，拍了下自己的腿。

唐晶诡秘地一笑，说：“那你还能追上我吗？”

于志伟思索了一下，说：“我一直都在追你，虽然你很狠心。”

唐晶露出一副狡黠的样子：“你有把握吗？”

于志伟甩甩胳膊，道：“要看你跑多快！”

唐晶说道：“追上我算你赢！队长同志。”

于志伟拉住唐晶，唐晶问：“攻岛前你写的留言是什么？”

于志伟挺直了身体说：“我宣誓，忠诚于党、牢记使命、继承传统、不怕牺牲，绝不辜负党和人民的重托，绝不辜负唐晶授予我‘兵之利刃’的称号……”

唐晶欢笑着跑开。于志伟跟了两步停下来按住腿，抬头看着跑开的唐晶，问：“你经常写的留言是什么？”

唐晶跑着呼喊着：“我死了就把我葬进祖国的大海，我活着就嫁给一个好男人。”

于志伟“呵呵”地傻笑着，一瘸一拐地跑向唐晶。

夕阳下的军械仓库，肃穆而宁静。拆弹分队的战士们全副武装，列队整齐，站在操场的炸弹雕塑边。政委张猛和主任刘前进站在队前。

张猛说道：“同志们，唐晶队长离开我们，去受领新任务去了，终有一天你们的队长会离开你们，你们要时刻做好准备，接过她的班，成为新的拆弹专家。”

张猛看看刘前进，刘前进说：“这次战斗任务完成得很好，大家应该高兴才好，军区为我们拆弹分队特别记功，今天晚上会餐，大家庆祝一下。”

拆弹分队队员们不说话。

张猛命令蒋海亚道：“蒋班长，把队伍带到饭堂去。”

蒋海亚左手缠着绷带，右手敬礼：“是。”

队伍被带走，张猛和刘前进摇摇头，微笑着跟在队伍后面。

饭堂里，战士们都端坐在桌子边，一言不发，桌上是丰盛的菜肴，还有啤酒等饮料。

炊事班长老王看着大家，不解地问道：“咋了这是？这不是庆功晚宴吗？”

小李、小孙互看一眼，说道：“怎么气氛很沉重啊？”

张猛首先打破沉寂，站起身举杯说：“今天我们庆祝我们的拆弹分队，英勇完成攻打 D 岛的排雷任务，军区为我们拆弹分队记了集体一等功，我们举杯为英雄祝酒。”战士们起身举杯，拆弹分队的队员们围坐在饭桌边纹丝不动。

饭堂门口。唐晶进来道：“我回来了，面条准备好了吗？王班长。”

王班长回身对小李、小孙叮嘱道：“快去，煮面打卤！”

拆弹分队在蒋海亚的带领下跳了起来，众人喜悦地围着唐晶。

“队长，你回来了？”

“我们还以为你不回来了。”

“你不是要走吗？”

“你不是有新的任务吗？”

唐晶看看张猛和刘前进，张猛和刘前进微笑着。

唐晶看着大家说道：“我的新任务要和大家一起完成。”

队员们欢呼雀跃起来，大家回身举杯，簇拥着唐晶。

“队长，干杯。”酒花四溅，映着队员们的笑脸。

下篇　沙漠之狐

这是春夏之交的一天上午。

在东非某国一条凹凸不平的公路上，一支由清一色皮卡车组成的武装车队从远处的戈壁深处急速驶来，车后拖着长长的一溜儿烟尘。在皮卡车的车顶上，架载着机枪、迫击炮、火箭筒等各式各样的武器，车上的人装束各异，没有人知道他们这是从哪里来，要到哪里去。

车队行进的速度很快，车上的人谁也想不到，他们正在驶向噩梦和地狱。

这条公路原本是条平整的柏油马路，这几年因为战乱，在政府军和反政府军激烈交战中被炸得坑坑洼洼的。双方相互指责对方破坏和阻断了交通道路，违反了联合国有关协议，总之，所有不利于自己的言论，都“甩锅”到对方头上。

在距离车队七八公里外的一座山丘后面，隐藏埋伏着一支武装部队，从服装上就可以判断，这是政府的武装组织。此时，一个看上去四十岁上下、长着络腮胡子、肩戴中校军衔的男人，放下手中的望远镜，回头看了一下身后，岩石后面的政府军已经严阵以待，枪口、炮口直指着正向伏击圈中驶来的车队，后面的山丘下还埋伏着伪装的坦克、装甲车等重型装备，中校与身边的指挥官对视了一下，满意地笑了。他叫奥古斯丁，是政府军安保部门的负责人，前一天，他从线人那里得到情报，得知这支国内最大的反政府武装即将要从此经过，便调集部队，准备给敌人来个瓮中捉鳖。

一身戎装的指挥官见奥古斯丁一副踌躇满志、志在必得的样子，恭维他道："中校，咱们的草料都备齐了，就差关上栅栏的大门了，这回肯定能把卡拉贝尔这帮家伙一网打尽了，这一切都得归功于您。"

奥古斯丁得意地笑了笑："是啊，不过这也多亏了我的线人提供的情报。可这情报价格也不菲呀，看来钱真是无所不能啊，只要价格到位，就没有谈不成的买卖。一会儿能不能把头羊圈住，就要看将军阁下的最后一击了。"

指挥官拍了拍胸脯，胸有成竹地说道："放心吧，中校，只要头羊入了圈，我一定让他有来无回。"

二人得意地哈哈大笑，再次举起望远镜，望向远处的公路，他们仿佛已经听见了胜利的号角声。

车队由远及近，在跃上一个高坡后，坐在头车副驾驶位置上的反政府武装"和平使者"指挥官卡拉贝尔聚精会神地注视着前方，身体随着车子的行进不停地晃动。忽然，他发现前方岩石后面有亮光在闪动，凭着多年的征战经验，他敏锐地意识到眼前有危险。他挺了下身子，急忙抓起身边的车载对讲机，果断地下达了命令："停车！马上停车！"

一声令下后，车队爆发出一片刺耳的刹车声，车队停下后激荡而起的烟尘，迅疾将车队吞没。

奥古斯丁从望远镜里发现了车队的异常，预感到情况不妙："不好，叛匪要逃。"

指挥官一急，忽略了奥古斯丁的存在，直接下达了进攻的命令："全线出击！"顿时，密集的枪炮声暴风骤雨般响起，倾泻的弹雨很快将车队淹没。

虽然已经有了思想准备，但突如其来的袭击，还是打乱了车队的阵形，卡拉贝尔见势不妙，急忙跳上就近的一辆皮卡，一边操起车载机枪射击，一边组织大家进行还击。

短暂的混乱后，一个由皮卡战车组成的半月形阵地，就凸现在高坡上，车载机枪、车载迫击炮和车载火箭筒，迅猛地向政府军发起了反击。

这时候，政府军官兵在坦克和装甲车的率领下，从三面掩杀过来。

卡拉贝尔见对方火力太猛，大势已去，便挥舞着手里的冲锋枪，连连高声大喊："撤，撤，快撤！"

反政府武装车队开始有序撤退，卡拉贝尔一头钻进自己的吉普车，急忙催促司机赶快掉头后撤，但吉普车却怎么也冲不出政府军的包围圈，政府军的炮弹就像长了眼睛，总是在他乘坐的吉普车附近爆炸，弄得吉普车左冲右突，最后还在原地打转。看得出，政府军此次是志在必得，一定要擒获卡拉贝尔。

这时候，卡拉贝尔的助手科蒂，开着一辆吉普车，冒着枪林弹雨冲了过来。他来到近前，不由分说，将卡拉贝尔拉下来，强塞进自己的吉普车，然后急忙催促司机道："快，赶快撤退！"就在众人各自忙着逃命的工夫，谁也没有留意，科蒂偷偷将一枚塑胶炸弹粘在了刚才他开来的吉普车的后尾处。科蒂转身看见旁边停着一辆皮卡车，司机已被打死，他上前一把拉出司机，然后钻进驾驶室，在弹雨中，追随着卡拉贝尔的吉普车疾驰而去。在驶出一段距离后，他抬头看着前面卡拉贝尔乘坐的吉普车，面露狰狞，从口袋里掏出一个遥控器，轻轻地摁下那个红色的起爆器。

“轰”的一声巨响，卡拉贝尔乘坐的吉普车被炸得四分五裂。

一辆绿色军用吉普在城市的大街上快速行进着，绿色的车身上，白色的“UN”字母很是显眼，这是联合国维和部队的车。开车的司机，看上去应该是亚洲人，有三十五六岁的样子，面色黝黑。

坐在副驾驶位置的，是一个头戴蓝色贝雷帽、年龄在三十岁左右的年轻女军官，从她肩上的军衔可以知道她是一名少校。她面色白净，梳着齐耳短发，显得清秀干练，一双清澈明亮的大眼睛，目不转睛地盯着前方，好像随时准备应对突发的变故似的。她叫唐晶，是毕业于国防大学的一名硕士研究生，现任国内某集团军陆军少校。这次组织上派她来这里，是因为她在军内组织的炸弹拆除和引爆等几次比武演练中，都力拔头筹，无人能及，就连国内几个集团军的拆弹高手，也都纷纷败在她的手下，有人甚至说她是“拆弹天才”。而在这里执行维和任务的我方维和部队，因为经常会碰到那些不知是政府军还是反政府军埋设的地雷和炸弹，已经发生了人员伤亡事件，当地的百姓更是深受其害。为尽早排除人们身边的这些隐患，维和部队请求国内派一名拆弹方面的专家过来，帮助他们一起清除掉那些布控在各个角落里的炸弹。部队首长把唐晶从下边的连队抽调出来，派她来这里，协助执行任务的维和部队，一起完成维和任务。

此刻的唐晶，不仅眼没闲着，脑也没闲着，她知道这次上级首长派她来这里的意图，也知道自己即将面临的困难和处境。虽然已有了思想准备，但一路上看到的景象，她还是觉得有些出乎意料。多年的战乱，已经使这个原本美丽的东非海滨城市变得满目疮痍，那些流离失所的难民随处可见，不时能听到远处传来的枪炮声。她不明白这个国家的人为什么热衷于打仗，如果是因为反抗外来入侵而进行的自卫，她觉得这样的战争有必要进行，而且必须要反击，否则，这个国家就将会面临消亡的危险。但现在这里没有外患，一家人为啥不能好好过日子，偏偏要你打我、我打你呢？说到底，打仗最后倒霉的，还是这个国家的普通百姓啊。唐晶知道，维和部队到这里的首要任务，就是维护地区和平，她希望通过自己的努力，让和平变得更长久一些。

唐晶抬手看了一下手表，时间显示的是下午四点整，她吩咐司机说："李师傅，能不能再快一点儿？"

李师傅踩了一下油门，汽车猛然向前冲去。

在维和部队营地，唐晶受到了驻扎在这里的国内某军区上校指挥长杜志刚的迎接。

"欢迎，欢迎，欢迎唐晶同志来为我们排忧解难，你的大名我早有耳闻，你来这里可是为我解了燃眉之急了，真的是雪中送炭啊！知道你要来，没想到会这么快，你这一来，为我解决大问题了，要不然我真怕自己完不成领导交给我的任务了呢！"杜志刚握着唐晶的手，激动地说，然后提起暖壶，倒了杯水，递给唐晶，"我以前还是你父亲的部下呢，怎么样，唐军长的身体还好吧？”

杜志刚说的唐军长，是唐晶的父亲，北部战区某集团军司令唐大龙。唐晶接过杯子道：“谢谢您的关心，他身体挺好的。”

杜志刚语重心长地说：“这个国家现在挺乱的，你以后要多加小心，要不然你出点儿事，我都没法向唐军长交代。这里的生活条件你也看到了，肯定不能和国内比，你在生活和工作中有什么困难和要求，尽管提，我一定尽量想办法满足你。”

唐晶腼腆地笑了笑：“您不必这么客气的，杜团长。”

杜志刚摆了摆手，笑着道：“欸，叫我老杜就行了。想不到你一转眼，也这么大了，我上次见你的时候，你还是个高中生呢。我先给你简单介绍一下这里的情况，这里的形势很复杂，除了政府军和反政府军之外，还有两三个恐怖组织。反政府武装中有一个叫‘和平使者’的，它的势力比较大，不光和政府军抗衡，有时候也和恐怖组织对着干，两头都拿它没办法。”

正说着，突然桌子上的电话响了起来，杜志刚对唐晶说：“不好意思啊，接个电话。”说完，走上前拿起电话：“你好，对……是我……好的，我知道了，我尽量吧。好的，好的，再见。”

放下电话，杜志刚有些不好意思地挠挠头，说：“你看，唐晶同志，你这才刚刚进门，屁股还没有坐热，这就给你来活儿了。刚才的电话是安保负责人奥古斯丁中校打来的，说是联合国非洲热点地区安全事务高峰论坛明天就要开幕了，据他们安保部门提供的可靠信息，‘和平使者’公然向政府挑衅，扬言要在会议期间制造炸弹袭击事件。安保部门按照内线传来的情报，在会场已经起获了三枚炸弹，可内线提供的情报是四枚炸弹，第四枚他们怎么也找不到。如果明天早上开会前再找不到这枚炸弹，会议将无限期延后。奥古斯丁中校刚才向我方提出求助，请我方维和部队协助，于明天天亮之前排除这枚炸弹，以确保会议如期举行，你这是来得早不如来得巧呀，只是这样要耽误你休息了。”

唐晶站起身来，摆了摆手，道：“没事儿，我本来就是来工作的，何况这又是个非常重要的国际会议，我休不休息无所谓。”

“好的，咱们现在就回营地，你的队员们早就在等你了。”杜志刚说完，掏出手机，按了几个号码，“喂，蒋海亚吗？你们队长来了。”

在维和部队营地会议室里，先前来到维和部队的蒋海亚、卢宇森、胡晓天和孟军生四人依次站成一排。

蒋海亚等人向唐晶微笑着点点头，敬礼道：“队长好！”

唐晶和她的队员被奥古斯丁中校用专车接到了即将要举办会议的地方。

整个会议大厅空荡荡的。

明天上午各个国家的领袖和重要人物将会云集这里，就非洲安全事务问题做出部署和安排，并商讨下一步的方案和措施。可谁也没想到，“和平使者”偏偏在这时候给会议的主办方出了一道难题：他们在这里安置了四枚炸弹，蓄谋制造炸弹袭击事件，以此来要挟当局，释放他们的组织头目兼一号人物——卡拉贝尔。

空旷的大厅内，窗帘紧闭，几盏钨丝灯将大厅照得亮如白昼。

会议大厅的门一开，唐晶等五人从外面进来，早已经等候在这里的奥古斯丁中校急忙迎上前去打招呼：“哈喽，美丽的唐队长，可把你们给盼来了，只有你们能解决这个难题了。”

唐晶没有和奥古斯丁客套，开门见山道：“你能够确定他们真的安置了四枚炸弹吗？”

奥古斯丁肯定地说：“没错，就是四枚，这是我们的线人传过来的情报。这个线人在这个组织里不是一般人员，他的情报绝对可靠。”

唐晶点点头，想了想，说：“好吧，那三枚你们都已经拆除了？”

奥古斯丁道：“是的，我们的拆弹队员已经找到，并且顺利地拆除了那三枚炸弹，还剩下最后一枚，他们实在是无能为力了。没办法，只好劳您和您的队员大驾了。”

唐晶看了看大厅，问：“这个会议大厅你们都已经彻底检查过了吗？”

奥古斯丁愁眉不展地说道：“都已经检查过了，里里外外，台上台下检查了好几遍了，一点儿痕迹也没有发现。”说完，他双手一摊，耸了一下肩膀，一副无能为力的样子。

唐晶果断地对奥古斯丁说道：“好了，你带着你的人，先暂时离开，这里交给我们吧。”

奥古斯丁一脸喜悦，如释重负地说：“好的，唐队长，那就麻烦你们了。”说完，带着他的人匆匆离开了。

等奥古斯丁和他的人全都走后，唐晶开始分配任务：“卢宇森，你负责屏蔽掉大厅内与外界的一切无线电和电源信号，排除一切干扰；蒋海亚，你携带无人机探测装置，协助我检查天花板和四周墙壁内外的隐患；胡晓天和孟军生，你们两人携带机器人探测器，负责排除地面隐患，一个可疑点也不许放过。”

四名男兵响亮而高亢地答应：“是！”

卢宇森、胡晓天和孟军生三个人因为年轻，紧张和兴奋之色都挂在了脸上，唯独老兵蒋海亚那略显沧桑的脸上，好像有几分担忧。

几个人按照各自的分工，开始忙碌起来。只是他们谁也没有想到，在距离会议大厅三四百米远的地方，有一个看上去年代已经有些久远的二层楼民居。整个屋子里没有开灯，黑乎乎的，只有二楼的窗户打开着。窗台上，架着一架当今世界相对领先的高倍数单孔超清晰望远镜，镜头正对着会议大厅这里。在望远镜后面，一个妩媚而有些妖艳的女人通过镜头，观察着会议大厅里面的动静。

这个女人有着一个好听的名字——安琪娜，她是“和平使者”组织头目卡拉贝尔的情妇，看上去二十七八岁的样子，其实已经有三十五六岁了，只是保养得好而已。安琪娜婀娜美艳，妖冶多情，魔鬼般的身材不知吸引了多少男人的目光。比如正坐在她旁边操弄笔记本电脑的中年男人，就时不时地抬起眼，贪婪地扫一眼她，咽下一口唾沫，才继续低头干他的活儿。

这个长着蓝眼睛、黄头发的中年男人名叫科蒂，来自欧洲的某个小国，是这个组织中的一员大将，也可以算是组织里的核心人物了。科蒂精通计算机，是个黑客，所以卡拉贝尔很器重他，而科蒂看重的则是眼前的这个令人心驰神往的女人安琪娜。他对她垂涎已久，拼命想得到她，不止一次在梦里面与她交欢，可是安琪娜对他却没有一点儿那方面的意思。安琪娜心里面就只有卡拉贝尔，即便是现在，卡拉贝尔生死未卜，她还是对他忠心耿耿，想尽一切办法要把他营救出来。对此，科蒂很是不解，他不知道，卡拉贝尔是怎么把安琪娜的心给俘获的，俗话说“树倒猢狲散”，卡拉贝尔这棵大树已经倒了，这些个“猕猴”怎么都还舍不得离开呢?

其实，安琪娜是看不到大厅里面唐晶他们的举动的，厚厚的窗帘把她的视线给挡得严严实实，但她不死心，还是希望能够有所收获，所以一直在望远镜前注视着。

忽然，镜头里面会议大厅的窗帘被风吹了起来，安琪娜一阵激动，她站立起来，双手紧握住望远镜，可还没等她看清楚大厅里面的情况，窗帘就又恢复了原状。安琪娜有些泄气，她一屁股坐回到椅子上，愤愤地说道：“这帮蠢货，想找到我安置的炸弹，没门儿！”与此同时，她又有些纳闷：“奇怪，他们怎么知道我在那里安置炸弹了呢？”

“喔，上帝，进去了！”旁边的科蒂一声尖叫，打乱了安琪娜的思绪。她被吓了一跳，刚要张口训斥科蒂几句，就见科蒂兴奋地把笔记本电脑转向自己，欣喜地说：“快看，我的女主人，我已经成功地进入了他们的监控系统了。”

安琪娜急忙把脑袋凑过来，定睛细瞧，果然，会议大厅里面唐晶等人的一举一动都十分清晰地呈现在了电脑显示屏上。

看到唐晶他们几个忙碌的身影，安琪娜不由得吃了一惊，脸色骤变，道：“怎么，他们请来的是中国人？”

在会议大厅里，唐晶等人正在紧张地忙碌着。

一架遥控直升机在大厅里“嗡嗡”地来回盘旋着，蒋海亚双手握着遥控器，根据唐晶的指令，操纵着无人机，沿着墙壁和房顶，不断地搜索着可疑目标。厚厚的窗帘，不时被无人机经过时的气流吹得轻轻舞动。

唐晶头戴耳机，一边辨析着无人机探测器传回的画面和声音，一边在会议大厅的设计图上，标示着可疑目标，还不时地看一眼显示屏，指挥道：“好的，三号目标嫌疑排除，到四号目标上方。”

蒋海亚操纵遥控器，说：“直升机已经到达四号目标上方。”

唐晶叮嘱道：“重点观察检测射灯是否一样，凡是不一样的，要全部拆下来检查。”

蒋海亚点点头道：“明白。”

孟军生也操控着遥控器，指挥着智能机器人探测装置，沿着走廊的两侧，探寻地面上的目标，机器人走走停停，不时把信号收集起来，并传输到唐晶的显示屏上面。

卢宇森一手抱着笔记本电脑，一手举着一根长长的探测器，走进了监控室。忽然，他似乎发现了什么，有些吃惊地对着话筒说道："报告队长，有黑客侵入监控系统。"

唐晶微微一怔，马上沉着地问道："能够捕捉到具体位置吗？"

卢宇森说："这需要时间。"

唐晶皱了皱眉，道："我们的时间很有限，给你十五分钟时间，时间一到，不管有没有捕捉到黑客的位置和参数，你都要立即关闭监控电源，听到了没有？"

卢宇森说："好的，明白。"

此时此刻，安琪娜正坐在显示屏前，通过显示器观察着会议大厅，唐晶等人的举动，她都尽收眼底。

科蒂走上前来，把一杯刚刚冲好的咖啡殷勤地端给安琪娜。他看着显示器里面的唐晶等人，恭维安琪娜道："这都凌晨两点多了，他们还在折腾什么？连我都不知道炸弹安放在哪儿了，他们怎么可能找得到呢？"

安琪娜略显疲惫的脸上露出了一丝得意的笑容，她没有说话，接过科蒂递过来的咖啡，抿了一口，脸上透着欢愉和骄傲的神色。

科蒂有些疑惑地问："我的女主人，你这第四枚炸弹，到底藏在什么地方了呢？他们把整个大厅和所有的房间都翻遍了，连卫生间都没放过，现在就差掘地三尺了，怎么还没有找到，这到底有没有第四枚炸弹呀？”

安琪娜嘴角一挑道：“你说呢？”

科蒂道：“要我说，你放的肯定是烟雾弹，其实根本就没有这第四枚炸弹。”

安琪娜不屑地瞟了科蒂一眼道：“如果没有第四枚炸弹，我们干吗要在这儿和他们耗着，回去睡觉不好吗？”

科蒂似悟非悟地说：“也对呀！”他眯起眼睛看向安琪娜，眼神中除了钦佩外，更多的是贪婪。

“我真佩服你，你咋就能把炸弹给安放到那里面去了。”他竖起了大拇指，恭维道：“高手就是高手，隐而不露，真是让人看不透。”

安琪娜没有答话，瞥了一眼科蒂，给了他一个妩媚的笑脸。

科蒂受宠若惊，他带着满足感，斜倚着身体坐在沙发上，一双眼睛不安分地在安琪娜的身上游走着，从头到脚，从上到下。慢慢地，他似乎进入到了虚幻的梦境中，他看见安琪娜站起身，一步一步向他缓步走来，妩媚风骚，边走边褪去身上的衣服，最后仅剩下了贴身的两件薄如蝉翼的内衣。

科蒂有些忘乎所以了，他情不自禁地站了起来，伸出双臂，准备要拥抱安琪娜。安琪娜如仙女一般，越走越近，最后倏地一下子，滑进了科蒂的怀抱里。

科蒂闭目享受着，他将脸贴在安琪娜的脸上，轻轻地上下摩挲着，很快他便欲火中烧了。

蓦地，科蒂感觉到有些异样，他猛地将安琪娜推开，发现不知什么时候，怀中的安琪娜变成了卡拉贝尔，卡拉贝尔此刻正怒目圆睁，瞪着科蒂。

科蒂吓得灵魂出窍，他尖叫一声，从梦幻中惊醒。望着站在眼前的安琪娜，科蒂浑身颤抖，连连摆手道："不是我！不是我！真的不是我！"

安琪娜被科蒂的举动弄得丈二和尚摸不着头脑，她疑惑地问："什么不是你，你这是怎么了？科蒂？"

科蒂这才醒悟过来道："哦，没什么，刚才给睡着了，做了个噩梦。"

"真是莫名其妙。"安琪娜说完，指着桌子上的笔记本电脑，"你过来看看，这是怎么回事？"

科蒂走上前，看到显示屏上满是雪花点儿，他马上明白了怎么回事，抹了把满头的冷汗，定了定神，然后忙不迭地起身去调试电脑。

安琪娜看着紧张忙碌的科蒂，自言自语道："我们都是制造噩梦的人，同时也是每天都被噩梦缠绕的人。"

在会议大厅里，排查工作刚刚告一段落，卢宇森向唐晶汇报着："所有探头全部排查完毕，一共是三十六组，没有发现可疑目标。"

唐晶将目光转向了另外三人，他们也都面带失望地摇了摇头。唐晶对这个结果不满意，她有些焦躁地来回走了两圈，然后站在中间，眼睛扫描似的把大厅又过了一遍，包括主席台上的显示屏、话筒、桌牌、纸和笔等，最后喃喃自语道："既然安置了炸弹，那它肯定会有痕迹的，毕竟它不是空气。"她牙关一咬，命令道："再次重新探测。"

几个男兵一听，都有些沮丧。胡晓天惴惴不安地说："队长，我们可是都已经探测过三遍了，就连马桶、抽纸盒都拆开检查过了，是不是压根儿就没有这第四枚炸弹呀？咱们别叫他们给忽悠了。”

胡晓天的话似乎点燃了唐晶的无名之火，她不容置疑地再次强调道：“重新探测，都没听明白吗？”语音低沉，却使人觉得那样的压抑和不可抗拒。

几个男兵见队长发火，互相使了一下眼色，乖乖地拿起各自的家伙，继续探测起来。

蒋海亚一边操纵着无人机，一边用余光不时地瞟向唐晶。

唐晶坐在那里，眉头紧皱，谁也不知道她在想什么。就这样过了两三分钟，她站起身来，快步走到大厅外面的台阶下，摘下头盔，长长地吐了一口气，似乎要把胸中的不快和烦愁都给吐出去。她抬头看了看夜空，繁星闪烁，微风吹过，她的秀发被轻轻拂起，显得韵味十足。

她没想到刚踏上这异国他乡的土地，就遇到了这样一个棘手的问题，从未谋面的“和平使者”毫不客气地给她来了一个下马威，这该死的第四枚炸弹会被藏在哪里呢？“和平使者”的人真的会把炸弹给布在这里？会不会是情报有误，还是她和她的这支队伍能力水平有限，无法破解对手给她出的这道难题？她有些沮丧，但是她不愿意就此罢休，因为她知道，那个看不见的对手，或许正在等着看她灰溜溜地退出这个舞台，而她是不会轻易放弃的，想看她唐晶笑话的人，不是那么容易达到目的的。

不知什么时候，蒋海亚站到了唐晶身后，虽然他没有开口说话，但唐晶还是感觉到了。

“有什么进展没有？”

蒋海亚摇摇头道：“和原来一样，没有一点儿新发现。”

好像是已经预料到了这个结果，唐晶显得十分平静，她仰头看了看已经有些微微发白的天空，说：“哦，是吗？天也快要亮了。”

二人谁也没有说话，静静地站立着，不远处的草丛里，不时地传来各种昆虫的叫声，不知它们是一夜没睡，还是早早就起来了。

蒋海亚率先打破了沉默：“你确定有这第四枚炸弹吗？”

唐晶说：“我有一种预感，这第四枚炸弹肯定有，只是我们还没有找到它。”

蒋海亚疑惑地问：“根据是什么？”

唐晶侧了侧身子，盯着蒋海亚道：“你想过没有，要是没有这第四枚炸弹，黑客为什么要侵入我们的监控系统，他在家安安静静地睡觉不好吗？这整整一晚上不休息，他难道是在陪你玩吗？”

蒋海亚点点头说：“嗯，你判断得非常正确。我开始也怀疑这第四枚炸弹是否真的存在，现在看来，这次的布弹者绝非一般人，一定是个高手。高手出牌常常是出其不意，在他们的思维中，就没有一成不变的规则，你们两人都是高手。”

唐晶微微一笑道：“恭维还是嘲讽？”

蒋海亚道：“我是发自内心的崇拜。一个女孩子，喜欢这个高危行业。”

唐晶头也没回，说：“喜欢就是喜欢，难道还需要理由吗？”

蒋海亚好像是被唐晶问住了，半天没说话，过了一会儿，他才又说道：“我怎么觉得，你有做间谍的潜质，你没去当间谍，真有些可惜了。”

唐晶莞尔一笑道：“甭说，我对特工这个职业还是挺感兴趣的，到目前为止，咱们中国还真没有一个出类拔萃的女特工呢。”

蒋海亚也笑了：“现在就等着你来填补这个空白呢，不过，间谍也不好当呢，得是全能型选手才行。”

唐晶道：“我不是全能型选手，所以我才没有去做特工，改行拆弹了。可现在看来，这弹也不是那么好拆的，像今天这个布弹的人，就称得上是布弹高手了。只不过我觉得，不论怎样的高手，要布弹，就一定会选择好他认为的最佳位置，因为任何一次有针对性的炸弹袭击，都有着非常明确的指向性……”说到这儿，唐晶突然停住了，她茅塞顿开：“指向性？对呀，我怎么就没想到这个呢？”

蒋海亚也似乎明白了唐晶所说的话，道：“就是，我们忽视了对手布弹的指向性了。”

“嗷！”两个人兴奋地击掌祝贺。

唐晶立即掏出手机，拨通了一个号码：“喂，是奥古斯丁中校吗？我是唐晶，我现在需要马上见到你。对，立即，马上！”

远处二层小楼的民居里，安琪娜通过高倍望远镜，看到了镜头里面的唐晶，她先是认真地看了看，然后有些疑惑地摇摇头，自言自语道：“不会吧，怎么会是她呢？”

一辆黑色高级轿车快速地驶进院子里面，车刚刚停稳，奥古斯丁便从车上走了下来。

唐晶迎上前去，用英语急速地问道：“不好意思，奥古斯丁中校，打搅了您的休息，非常抱歉。我想，你们邀请我们来排爆，那就应该相信我们才对。我无意知道你们的秘密，但起码您要告诉我，‘和平使者’为什么要在会场制造爆炸？我们需要知道真相！”

奥古斯丁耸了耸肩，满脸无辜道：“哦，我美丽的唐晶少校，我怎么知道他们为什么要布置炸弹呢？真相？也许只有上帝才知道真相。”

唐晶摇摇头道：“恐怕不是这样吧，上校先生，据我所知，‘和平使者’目前急需国际社会的认可和援助，他们在这样的国际性会议上制造炸弹袭击，与联合国公然对着干，这岂不是与自己的愿望背道而驰吗？我想他们这次在会议大厅布弹，一定是另有所求的，你是不是对我们隐瞒了什么？”

唐晶的话，似乎使奥古斯丁想起了什么，他眼睛一亮，犹豫了一下，说道：“少校，你真的非常聪明，你的推测是完全正确的，实不相瞒，这个组织的一号头目卡拉贝尔，在一个月前被我们俘获，这次他们趁着要开这个国际性会议的机会，提出了释放卡拉贝尔的要求，被我们拒绝了……”

唐晶道：“所以，他们才准备实施这次炸弹袭击。”

奥古斯丁点点头，十分肯定地说：“应该是这样的。”

唐晶道：“哦，我明白了。”

唐晶始终在用英语和奥古斯丁对话，一旁的翻译胡晓天似乎有些心有不甘，插言道：“那要是这么说，他们的真正目的就不是爆炸了？”

唐晶点点头道：“没错，应该是定点猎杀。”

胡晓天似乎还有些没反应过来，说：“我光听说过狙击手搞定点猎杀，没听说过炸弹也可以搞定点猎杀了。”

唐晶继续和奥古斯丁说道：“现在看来，梁子是政府军与‘和平使者’结的，‘和平使者’的目的就是要回他们的卡拉贝尔，并无意与国际社会作对。所以，参会的政府军代表就是‘和平使者’要报复的对象无疑了。”

奥古斯丁佩服地伸出大拇指道：“唐晶少校，你的分析太对了，真是一针……血……”

胡晓天在一旁搭腔说：“你是说一针见血吧。”

奥古斯丁忙不迭地回答道：“对对对，没错，就是这个词。”

唐晶追问道：“那参会的政府军代表是谁呢？”

奥古斯丁想了想：“哦，是赖恩将军。”

唐晶想了想，又问道：“那他在会上发言吗？”

奥古斯丁说：“当然，他要代表政府军做报告。”

唐晶道：“那好，奥古斯丁中校，我需要这次会议的具体议程和赖恩将军以前的讲话录音。”

奥古斯丁点点头说：“没问题，我马上叫他们给你找去。”

唐晶看了看微亮的天空，道：“要越快越好。”

奥古斯丁道：“我懂得的，我们是在与时间赛跑呢，少校。”

会议大厅里，灯光如昼，唐晶带着蒋海亚等人依旧在紧张地忙碌着。

政府军一个假扮赖恩的士兵，从贵宾室出来，走进会议大厅。

唐晶通过对讲机发布着命令：“再次探测走廊、地毯、房顶和墙壁，不许放过一丝一毫的可疑点。”

“赖恩”走上了主席台，端坐在自己的座位上。

唐晶道：“检查主席台。”

蒋海亚循着“赖恩”刚才走过的足迹，小心地探测着每一个地方。

卢宇森、胡晓天、孟军生则在主席台上，认真检查着座椅、台牌和话筒等。

唐晶道："全部拆开检查。"

主席台上的座椅、台牌和话筒等被一一拆开。

"赖恩"走上发言席，把录音机对着话筒，轻轻地按下播放键。

唐晶的耳麦里，不断传来蒋海亚等人的汇报声音。

胡晓天道："目标排除。"

卢宇森道："目标排除。"

孟军生道："目标排除。"

唐晶坐在椅子上，身体向后靠去，脸上一副失望而无奈的表情。

站在远处的蒋海亚，看到唐晶疲惫的神色，攥紧了拳头，使劲朝眼前挥去，仿佛前面站着他们的对手似的。卢宇森、胡晓天和孟军生三人，也如同霜打了的茄子，谁也不吭声了。

唐晶微微睁开双眼，看着大厅顶上的吊灯，灯光有些刺眼，她只能眯缝着看去。

忽然，唐晶好像悟到了什么，她霍地站了起来，对蒋海亚等人急切地说道：“通电，把主席台上的所有设备全部通电。”

蒋海亚不知道唐晶怎么了，连忙按照唐晶的吩咐，将主席台上面的设备全部接通了电源。

唐晶道：“重点检查通电设备。”

蒋海亚举着探测器，顺着话筒，沿着电线，慢慢移动着。众人的目光，都集中在了显示屏上面。

与此同时，在不远处的那所二层民居里，科蒂也兴奋地喊起来：“哦，通了，上帝，终于又进去了。”

在电脑显示屏上，显示出了唐晶等人的身影，安琪娜和科蒂死死地盯着显示屏，两人的神色显得很是紧张。

安琪娜指着显示屏上唐晶的头像对科蒂说：“往前推，我要看看她是不是当年的那个东方茉莉。”

科蒂把镜头朝前推了推，由于唐晶站的位置有点儿偏，加上显示屏的放大功效，安琪娜看得不是特别清楚。

安琪娜抬起身，掏出烟来，科蒂急忙给她点着火，安琪娜皱着眉头，抽了一口，说：“看身影应该是她，她怎么会来这里呢？”

缭绕的烟雾把安琪娜笼罩了起来。

会议大厅内，蒋海亚围着话筒，用仪器来回探测着。唐晶观察了一会儿，疾步上前，从蒋海亚手中接过探测仪，对蒋海亚等人说道："你们全都后撤三十米远，把这里交给我，没有我的命令，谁也不许靠前。"

蒋海亚等人听后，都纷纷退后。

唐晶看众人都已经退到了后面，便独自坐到麦克风前，戴好耳麦，按下了录音笔的播放键，音箱中传出了赖恩以前的讲话声音。

唐晶小心翼翼地将音量一点点调大，她每调一下，就看一眼显示屏，不一会儿，脸上便汗津津的了，但她全然不顾这些，专心致志地一点点调试着。

众人躲在一角，目不转睛地望着主席台上的唐晶，谁也不知道她葫芦里卖的是什么药。胡晓天扭头问蒋海亚："你以前拆过这样的炸弹吗？"

蒋海亚摇摇头道："没有，这是第一次。"

大家的心全都悬在半空中，替唐晶捏着把汗。

当音量再次调高一个格时，唐晶的耳麦里突然响起"嗤嗤”的电流脉冲声，显示屏上的曲线猛烈地起伏跳跃着，唐晶缓缓地起身，摘下耳麦，戴上头盔，然后打开对讲机，说道：“发现目标，是脉冲音频智能炸弹，电流已经达到启动条件，现在炸弹已经启动。”

唐晶的话清晰地传了过来，众人围在笔记本电脑前，听得清清楚楚，他们聚精会神地观看着唐晶传过来的现场视频。空气都快要凝固了，谁也没有开口说话，现场能够清晰地听到大家的心跳声。

唐晶沉着冷静地吩咐蒋海亚：“蒋海亚，你把直流电源送过来，现在只有直流电才能够切断输出功率，破坏它的启动条件。”

远处的民居里，安琪娜看到显示屏上，唐晶已经查到了炸弹的位置，并且把会场电源切换成了直流电源，她精心设计的爆炸计划即将功亏一篑，气得她重重一拳砸在桌子上，差点儿把电脑给碰掉。科蒂眼疾手快，急忙上前一把扶住了。

安琪娜气急败坏地抓住科蒂的衣领，道：“他们不是找到炸弹了吗？我要让他们在哪里找到的炸弹，就在哪里消失。”

科蒂被勒得有些喘不上气来，忙不迭地跟着点头道：“对，对，没错。消失，消失！”

安琪娜一把丢开科蒂，大声咆哮道：“去，赶快给我找辆汽车来。”

一块看上去只有指甲盖大小的黑色小物件，被摆放在了会议大厅的桌子上，众人围着它，惊讶地看着这枚炸弹。

胡晓天叹道：“乖乖，就这么个小东西，就可以置人于死地了？”

唐晶站在一旁，解释道：“这是一枚电流脉冲音频智能可塑性炸弹，是一种新型炸弹，药量不大，但杀伤力很大，足以让话筒前的人丧命。和以往的炸弹不同的是，它没有引信，靠的是同频共振，因为每个人说话的腔调，发声频率，还有节奏，都各不相同，就像我们每个人的指纹似的，一人一个样，他们事先把赖恩说话的频率和发音节奏，设计成启动炸弹爆炸的指令，这样，别人说话不会引爆，只有当赖恩讲话的时候，才会引发音响电流的回流，形成两股电流对冲，进而触发引爆炸弹。音频脉冲智能炸弹的关键处有两点：一是不能贸然切断电源，一旦切断电源，炸弹就会自动引爆；二是音频不能变化，音频发生变化，或者同一音频中断的时间超过设定时间，炸弹也会自动引爆，你们听明白了吗？”

众人你看我，我看你，谁也没说话，都一副似懂非懂的样子。

蒋海亚开口道：“那就是说，别人讲话它不会爆炸，只有赖恩将军讲话的时候，它才会爆炸，是这样吗？”

唐晶点点头说：“没错，就是这样子的。”

大家这才恍然大悟，唐晶看了看众人，说：“都明白了吧？”

四个人齐声回答：“明白了，长官！”说完，蒋海亚对另外三人使了个眼色，大家一拥而上，冲上前来，抓起唐晶的胳膊和腿，将她举了起来。

唐晶尖声叫着，四个男兵不管不顾，将她一次又一次地抛起来，落下，再抛起来，又落下。

会议大厅里笑语连天，外面，天已经完全亮了。

唐晶等人从会议大厅里面有说有笑地走出来，虽然一个个神色疲惫，眼睛里布满血丝，但是大家伙儿都开开心心的，胡晓天和孟军生还在相互追逐、打闹着。

唐晶边走边对大家说：“大家忙了一个通宵，回去赶快好好补一觉吧。”

胡晓天道：“这真是一个紧张、危险而又充满了挑战的不眠之夜，多亏了我们美丽、聪明、机智、勇敢的队长啊。”

“胡晓天，这才一夜工夫，你这拍马屁的水平可是长进了不少啊？”卢宇森说完，用手拍了孟军生一下，两个人会意，偷偷上前，突然发难，一左一右将胡晓天腾空架了起来。

胡晓天被架在空中，脚不能着地，很是难受。他嗷嗷叫着，向蒋海亚求救：“老兵，快来救我，我可是你的铁杆粉丝啊。”

蒋海亚笑了笑说：“我又不是网红，哪里来的粉丝呢！”

胡晓天没办法，只能求助于唐晶：“队长，他们欺负我，你不管呀？”

唐晶四下张望了一下，故意道：“有人欺负你？谁欺负你了？我咋没看见呢，我只知道你刚才欺负我来着。”

众人学着唐晶的腔调，一齐嚷嚷道：“对，我们没看见！”

这时候，远处传来一阵汽车的马达声，众人停止了嬉闹，卢宇森和孟军生放下胡晓天，一起向街道的尽头望去。

卢宇森说道：“应该是来接咱们的吧。”

胡晓天见来的是一辆小轿车，有些不满地说道：“这也坐不下呀！”

说话间，那辆外观陈旧的黑色轿车飞速而来，越驶越快，一点儿也没有要减速的迹象。

唐晶等人一下蒙了，他们都直愣愣地站在那里，看着飞奔而来的轿车。

恰在这时候，街道里走出来一个看上去五六岁大小的小女孩，恰好走到了那辆轿车前面。刺耳的刹车声过后，轿车拖着轮胎与地面摩擦产生的火花和黑烟，停在了女孩的跟前。女孩被吓得怔住了，举着手中的面包，站在那里，不知所措。

唐晶埋怨了一句："这司机，怎么开的车！"几个人刚要下台阶，突然"轰"的一声巨响，那辆车腾空而起，发生了剧烈的爆炸，一团火光直冲天空。唐晶等人猝不及防，被巨大的气浪推倒在地，待他们惊慌失措地从地上爬起来，眼前只剩下了一辆熊熊燃烧着的轿车，那个女孩早已没了踪影。

眼前的这一幕，让唐晶他们几人大为震惊，从没有经历过如此场面的他们目瞪口呆，愣在了那里。死神与他们几个人擦肩而过，大家如同在梦里一般。蒋海亚晃了晃脑袋，胡晓天则大张着嘴巴。

一块黑色的东西静静地躺在唐晶的脚下，上面还冒着缕缕的青烟，唐晶弯腰捡起来，拍去上面的尘土，原来是那个小女孩手里那块已经发霉的面包。看着眼前的这块面包，唐晶再也控制不住自己，眼泪不由自主地滚落下来，她痛恨地说："战争，又是这该死的战争！"

蒋海亚看着眼前的一切，似乎悟出了什么："唐队，这不是偶然发生的吧，这好像是冲着咱们来的呀！"

"是呀，队长，看这意思，这是想置咱们几个于死地呀！"卢宇森也接话道。

唐晶点点头："你们说得很有道理，这或许就是一场阴谋，是专门针对咱们拆弹小组的，只是这会是谁干的呢？难道是'和平使者'实施的爆炸行动吗？他们怎么知道咱们在这里呢？"

远处的山脊上，太阳已经缓缓地升起来了，大地恢复了往日的生机，整个世界显得格外安静祥和。

在营区浴室里，唐晶正在莲蓬头下面冲澡，水花飞溅，她双目紧闭，任凭水流在自己的身上翻滚滑落。恍惚中，眼前又闪现出了那个拿着发霉面包的小姑娘，小姑娘冲她微笑着，缓缓向她走来，突然，小姑娘被炸弹炸得粉碎，唐晶的眼泪又顺着眼角止不住地流了下来。

此刻，在“和平组织”头目卡拉贝尔的寓所里，安琪娜刚刚洗完澡，她身穿一件薄如蝉翼的睡衣，长长的头发如瀑布般披在肩上，胸前那两个高耸的丘峰傲然挺立着，两条嫩藕似的胳膊光滑细腻，两条白净修长的大腿在睡衣里时隐时现，浑身上下透露出一种成熟且野性的美，妖娆性感。

安琪娜给自己倒了杯红酒，走到吧台前，打开笔记本电脑，一边慢慢品着红酒，一边搜寻着她所需要的资料。

“砰砰砰”，还没等安琪娜说话，门已经被人从外面推开了。科蒂手里拿着一瓶XO，摇摇晃晃地从外面走进来。他看见安琪娜的这身装束，眼睛一下子就直了。“哦，上帝，我这是看到女神了吗？这也太漂亮了吧！”说完，他径直坐到了安琪娜身边的椅子上，用色眯眯的眼神紧盯着安琪娜玲珑有致的曲体，流露出贪婪和淫秽的神色。“我的女主人，我敢打赌，你的这身打扮，任何一个男人都会控制不住自己的。”

安琪娜制止他道：“不许胡说，科蒂。”

科蒂的眼睛里充满了欲望，那是雄性荷尔蒙在作怪。他双眼直勾勾地看着安琪娜道："我没有胡说，我的女主人，千真万确，我敢和任何一个男人打赌，赌多少钱我都赌，他们必输无疑，我一定可以赢的。"

安琪娜有些不耐烦地说："你有事没有？没有就赶快离开这里，我要休息了。"

科蒂涎皮赖脸地说："我的女主人，请你不要对我这么绝情好吗？我对你绝对是忠心耿耿的，可你为什么总是对我冷若冰霜呢？卡拉贝尔现在是死是活，我们都不知道，你不应该总是生活在过去，要继续往前走才对，我的这颗火热的心每时每刻都在为你燃烧，求求你，答应我吧！"

安琪娜像是在挥赶着一只苍蝇似的，道："滚、滚、滚！请你马上离开这里，你不是不知道我的脾气，你不要逼我发火！"

科蒂有些丧气地说："唉，落花有意，流水无情呀！"忽然，他好像想起来了什么："哦，对了，你要的东西我给你弄来了。"说完，他从口袋里掏出一块优盘，借着往笔记本电脑上插优盘的机会，又想靠近安琪娜。

安琪娜厌烦地向一边挪了挪身体，躲开了与科蒂的身体接触，她拿起鼠标，打开优盘，唐晶的照片首先映入她的眼帘。

科蒂在一旁给安琪娜做着介绍："这个女的叫唐晶，今年三十二岁，国防大学硕士研究生毕业，陆军少校，在拆弹领域颇有建树，她在中国国内的集团军比赛中拿过几次第一名，现任中国维和部队排爆分队的分队长，其父唐大龙，是北部战区赫赫有名的司令。唐晶思维敏捷，性格泼辣，行事干练，有一股子男兵的果断劲儿，她的部下私底下偷称她为'劲哥'。"

随着科蒂的介绍，安琪娜在一旁先是惊讶，而后暴怒，最后转为饶有兴致："果然是东方茉莉，说是不见，最后还是见了，没想到的是，我俩会以这种特殊的方式见面。"

科蒂有些好奇地说："怎么？难道你们认识，我的女主人？"说完，又趁机往安琪娜的身上靠了靠。

安琪娜往后一仰，躲开了科蒂，道："岂止是认识，我们曾在亚马孙热带雨林的特战学校里，一起摸爬滚打，训练了三个月，说起来，她还救过我一命呢！"

科蒂带来的东西，打开了安琪娜思绪的阀门，让她不由得想起了几年前和唐晶在一起并肩作训的日子。

那时候，安琪娜还不叫安琪娜，她当时还随着父亲的姓，名字是奥莉娅。在亚马孙热带雨林特战学校里，她和唐晶都是特战班的学员。

大雨如注，特战班进行野外作战训练，每个学员都背着一个硕大的背包,在热带森林里艰难前行。学员们涂着迷彩的脸上，已经看不清是雨水还是汗水了，不仔细看，甚至连男女都分不清了，一个个全都如落汤鸡似的。

唐晶和其他队员一样，在大雨中艰难地向前跋涉着，后背上的背包早被雨水浸湿透了，累得气喘吁吁的。在通过一段泥泞的小路时，唐晶脚下一滑，一个趔趄没有站稳，重重地摔倒在了地上。还没等她爬起来，教官已经冲了过来，照着唐晶的后背，就是一教鞭，大喊道："快，跟上！"

唐晶二话没说，挣扎着爬起身，抹了把脸上的泥水，继续朝前跑去，紧随其后的奥莉娅赶上来，拍了拍唐晶的肩膀，冲她竖起了大拇指道："嗯，不错，有种。"

下午在教室里，一名教官在给众学员上理论课，他拿着一颗炸弹模型，分析着炸弹爆炸时产生的化学反应原理，以及拆弹时候的重点、难点问题。

唐晶和来自其他国家的学员，坐在下面聚精会神地听着，并在本子上认真地做着笔记。

第二天，烈日炎炎，骄阳似火，正是当地一年中最热的时候，整个大地仿佛快要被烤焦了似的，每个人都像是才从水里面出来，个个汗流浃背。

特战班两个人一组，在进行炸弹实测训练。

唐晶和奥莉娅分到了一组，两人分工明确，唐晶负责探测，奥莉娅负责标示。唐晶小心翼翼地一点儿一点儿朝前推进着，速度比别人慢了些，奥莉娅有些不耐烦了："密斯唐，你是不是有点儿谨慎过度了呢？依咱们两人目前像蜗牛一样的速度，恐怕到天黑也赶不上他们，这样是完成不了任务的。"

唐晶一边继续朝前探测，一边回答她道："咱们这是在探测排除实弹，教官叫我们必须小心谨慎。"

奥莉娅嘟囔道："教官的脑子叫驴给踢了吧。"她见唐晶毫无反应，仍然在不紧不慢地继续朝前探测着，便三步并作两步走上前，从唐晶手里夺过探测器："来，给我！"说完，大步朝前走去。

唐晶喊了一声，无奈地耸耸肩，紧跑几步，追了上去。

在指挥中心的大屏幕上，几个教官正通过远方监控系统，观察着特战班的一举一动。大屏幕上，唐晶和同伴的表现近在眼前，探测仪在来回地摆动，她们二人前进的速度明显领先了其他小组。

这时候，坐在后排的教官，看到大屏幕上二人的表现，有些担心地摇了摇头。

没过多久，唐晶二人探测的速度已经远远领先于其他人，奥莉娅竖起右手的食指和中指，得意地冲着唐晶摆了一个“V”字形手势，唐晶也向她摆了一个相同的手势，只是她的手还没有来得及放下，脸上的笑容就突然凝固住了。只见唐晶的眼睛里面，一下子露出了十分惊恐的神色，奥莉娅注意到了唐晶的变化，急忙扭头看去，探测器下面已经冒出了青烟。

“危险！”唐晶大喊一声，猛地向前一扑，将奥莉娅扑倒在地，然后抱着她一个就地十八滚，只听见“轰”的一声，一股浓烟腾空而起。

夕阳西斜，落日的余晖照射在这片热带雨林里高大的树丛上面，如同给这些植物镶了一层金边，景色优美，引人遐想。

在特战学校操场的主席台上，两个橄榄枝和一只和平鸽，组成了一个代表世界和平的图案背景，特战班的学员们整整齐齐地列队站好，接受学校的表彰。唐晶出列走向主席台，教官把一枚立功勋章挂在唐晶的胸前，唐晶给教官敬了个礼，然后归队，一旁的奥莉娅对她露出了一个甜甜的微笑。队员们共同喊出了雷鸣般的口号声："我们愿为和平而战！愿世界永远和平！"

大巴车载着特战班的队员们即将离开，唐晶等人与教官们挥泪告别。奥莉娅握着唐晶的手，依依不舍地说道："终有一天，我们还会再见面的，我的东方茉莉，希望我们永远都是朋友。"

唐晶也深情地说道："我们永远都是朋友。"

"我曾经和她说过，我们俩也许会成为对手，但绝不会成为敌人，没想到，我们现在竟然偏偏就成了要置彼此于死地的敌人，这究竟是为什么？为什么？"安琪娜大声发问。

科蒂看见安琪娜有些失去了理智，不禁有些害怕，他起身想去给她倒杯水，手无意中碰到了鼠标，屏幕上出现了一对男女合影的照片。

“这是谁？”安琪娜看到照片，终于安静了一些，她有些奇怪地问科蒂。

“这是唐晶曾经的男友，叫于志伟，是中国南部战区某海军陆战队的队长。”科蒂急忙回答道。

安琪娜似乎对于志伟产生了兴趣，问：“什么叫曾经，难道他们现在不是恋人了？”

科蒂道：“情报上就是这么说的，具体的我也不太清楚。”

“哦。”安琪娜点点头，饶有兴致地端详着电脑里面的照片，旁边的科蒂见安琪娜似乎情绪好转了一些，便伸出手去，想去揽安琪娜的秀肩，结果被安琪娜甩开了。

安琪娜说：“科蒂，你又喝多了。”

科蒂郁闷地说：“没有，我没喝多，我从来没有喝多过，但是我难受，我心里面难受，这都是因为你。别人合适，难道我们两个就不合适吗？”

安琪娜安抚科蒂道：“科蒂，你不要这么折磨自己，你这样做我会很难堪的，我已经是心有所属的人了，我不会再接受另外一个男人的感情的。”

科蒂激动地大声说道："可我也是心有所属的人，这么多年来，我之所以留在这儿，就是因为你！你是我的全部，我愿意一辈子做你的奴隶，供你驱使。"

安琪娜摇了摇头，道："我现在只关心卡拉贝尔，其他的都是虚空。"

科蒂脱口而出道："可现在卡拉贝尔已经死了。"

安琪娜一怔，有些不解地问："你怎么就知道他死了呢？"

科蒂似乎意识到了自己的失态："哦……因为我亲眼看见他的汽车都被炸飞了。"

安琪娜摇了摇头说："可要是这样，政府军为什么不告诉我们呢？我们要他们拿释放卡拉贝尔做交换，他们拒绝了。"

科蒂说："也许，这是他们故意在迷惑我们吧。"

安琪娜道："我有一种预感，卡拉贝尔还活着。"

科蒂说："我的女主人，你怎么就不相信我呢？"

安琪娜固执地说："除了卡拉贝尔外，我现在谁也不相信。生，我要见人；死，我要见尸。"

科蒂有些气急败坏地上前抱住安琪娜，欲强行亲吻她。安琪娜挣扎着，狠狠地扇了他一记耳光，骂道："滚！"

科蒂松开手，重重地叹了一口气，举起酒瓶，“咕咚咕咚”地喝了两大口酒：“现在卡拉贝尔是死是活，也许只有上帝知道。”说完，他摇摇晃晃地站起身，踉踉跄跄地推门而去。

科蒂来到外面，边走边喝着手里的酒。“卡拉贝尔，你还活着？你不是已经死了吗？对，你已经死了，你已经死了！”他跌跌撞撞地来到一辆皮卡车前面，看着眼前的这辆皮卡车，虚幻中，卡拉贝尔坐在这辆车里面正看着他，科蒂有些紧张起来，打着颤说：“不，卡拉贝尔，不是我，不是我！”

他仰头去喝酒，发现酒瓶里已经空了。他把空酒瓶使劲扔进茫茫黑夜里，歇斯底里地大喊道：“安琪娜，我发誓，你永远是属于我的！属于我科蒂的！”

在我方维和部队指挥营地，上校指挥长杜志刚正在给唐晶等人布置任务，他用激光笔指着沙盘上面的一条公路，道：“这个就是三号公路，是联合国难民署为确保人道主义救援物资安全抵达新建的难民营开辟出来的一条安全通道。”

唐晶等人围在沙盘周围，眼光随着激光笔红点而移动着。

杜志刚又指着一个地方，说："现在的问题是，三号公路正好处在政府军和反政府武装交战的区域里，我们这次把它接收过来，联合国有关部门是做了大量艰苦工作的，这是唯一一条通向难民营的公路，但是过去交战双方在这个区域内布了许多地雷和其他爆炸物，这条公路全长五十六公里，排雷的范围除了公路以外，还有两侧五十米之内的可视地域，谁也不知道这里埋了多少颗地雷和炸弹，这是一项非常艰巨的任务呀。"说完，他看了看众人，把目光停留在了唐晶身上，满怀期待地看着她。

唐晶干脆利索地问："时间和具体任务是什么？"

杜志刚道："新建的难民营三天后就要开始收容难民，留给你们的时间只有三天，你们必须要在这三天里，把道路两旁的所有爆炸物清理干净。据安保部门介绍，这一区域至少每五十平方米就有一颗爆炸物，包括地雷在内，你们的任务非常艰巨，也非常光荣，是奥古斯丁中校亲自点名要你们完成的，他说让其他队伍来执行这项任务，他不放心。怎么样，有困难吗？"

唐晶立正道："保证按时完成任务！"

杜志刚回礼：“好，祝你们成功。”

两辆载着全副武装的排爆分队队员的轮式步兵战车，从营区开了出来。

大街上人来人往，一派繁华景象。

唐晶和孟军生坐在前面的车里，唐晶把半个身子探出舱门，举着望远镜，在四处警惕地观察着。她知道，虽然这里看上去风平浪静，可是不知道在哪里，就会有漩涡和暗礁，稍不注意，就有可能大意失荆州。她刚来没几天，就已经经历了两次爆炸事故，甚至可以说和死神擦肩而过。她现在不管干什么，都必须得小心再小心，否则，后果还真是难以预料。她想起了临行前父亲叮嘱过她的话：“到了那里，不只要用一双眼睛去看，用一对耳朵去听，更要用全身心去看去听，去感受来自各个方向、各个角落的信息。”她把父亲的话牢牢地记在心里。

孟军生抱着卸掉枪衣的车顶机枪，坐在那里摇摇晃晃的，好像有些走神。

唐晶问道：“欸，怎么不说话了？想什么呢？”

孟军生道：“我在想那天的那个小女孩，要不是她，也许我们几个就都完了，到现在我都没看清楚她长什么样，这两天我一闭上眼，眼前就是她的影子。”

唐晶深有感触地点点头说：“我这两天也一样，眼前总闪现着那个天真无邪的小女孩的身影。她那么小就离开了这个世界，她何罪之有啊？也许，这就是战争，不分男女，不分老幼。”

孟军生没有再说话，依旧呆呆地看着远方。

过了一会儿，唐晶见他不说话，又问：“你从小就不爱说话吗？”

孟军生腼腆地笑了笑，依旧没说话。

唐晶道：“你看你，笑起来像个大姑娘似的。”

孟军生这才开口道：“所以我才要来当兵的。”

唐晶点点头：“当兵就是为了以后见人敢说话呀，目的很单纯，我就喜欢这样的男孩子。”

孟军生看了一眼唐晶，又迅速扭过头去，说：“队长，是不是女孩都不喜欢我这样的呀？”

唐晶问：“哪样啊？”

孟军生憋得满脸通红，显得很不自在的样子，道：“嗯，见到女孩就脸红，连话都不敢说了。”

唐晶问：“你这不是在和女孩说话吗？”

孟军生道：“你不是女孩，你是队长，是劲哥。”

唐晶装作故意生气的样子，说：“哦，原来你没把我当女孩，当哥了啊？”

孟军生显得十分窘迫，他挠了挠头，不好意思地笑了，面带羞涩地说：“队长，我不怕你笑话，我长这么大，到现在连女孩的手都还没有摸过呢。”

唐晶道：“你才多大呀，不刚刚才过二十岁嘛，还小着呢。”

孟军生有些着急地说：“不小了，我有个同学，和我一般大，人家对象都换了好几个了。”

唐晶笑出了声：“哦，原来是想媳妇了，别着急，等回去，哥就给你介绍一个，保证又年轻又漂亮，保你满意。”

孟军生欣喜地说：“队长，你说的是真的？”

唐晶道：“哥可是从来不骗人的哟。”

在另一辆车上，蒋海亚驾驶着战车，双手不停地旋转着方向盘，以躲避路面上那些大大小小的坑洼。

卢宇森坐在那里，旁若无人地摆弄着他的电子设备。

胡晓天见蒋海亚和卢宇森各自忙着自己的事，他转过去，找不到自己要做的事，便起身去拿东西，不料车身一颠，他的头撞到了车顶架上，疼得他捂着脑袋直咧嘴：“我说老兵，你能不能开慢点儿，快给我磕成脑震荡了。”

蒋海亚和卢宇森在一旁偷偷乐了。

胡晓天瞪了他们两人一眼，问：“笑什么？有什么可笑的？”

卢宇森说：“我们在笑，一个话痨，没人和他说话，会不会憋出什么病来。”

胡晓天道：“喔，弄了半天，你们俩是故意的呀？”

蒋海亚和卢宇森哈哈大笑起来。

胡晓天起身要去打蒋海亚，蒋海亚躲避时，战车滑向了一边，正好对面开来了一辆卡车，卢宇森大声喊道：“喂，小心！”

蒋海亚急忙快速打把回轮，战车和卡车相差十几公分，两车擦身而过。

卢宇森长舒了一口气道：“好险呀！”

胡晓天埋怨蒋海亚道：“就这还老司机呢，连个方向盘都把握不好。”

蒋海亚说：“那还不是因为你。”

胡晓天道：“怎么就因为我了，我手里又没有方向盘，司机手里的方向盘就如同战场上战士手里的枪，一时一刻也不能离手。马达一响，集中思想，车轮一动，想到群众，这是一个司机最起码的职业操守。”

蒋海亚一边开车，一边告饶：“得得得，我错了行不行？欸，‘小富’，你有五毛钱没有，有先借我一下，我好买他闭嘴。”

卢宇森道：“我就有一毛钱，他有一毛钱就足够了吧。”

胡晓天打趣道：“你们俩这一唱一和，配合得挺好呀，赶明儿你俩可以去说相声了。”

这时候，路旁一棵郁郁葱葱、枝繁叶茂的大树吸引了胡晓天的目光，“欸，你们看，那是棵什么树啊？”

蒋海亚朝窗外扫了一眼，说：“那应该是一棵橄榄树吧，这种树最好活了，也不容易死，人们给它起名叫‘长寿树’。”

卢宇森接话道：“这种树适应环境的能力很强，既耐寒又耐旱，在热带也可以生存，生命力非常旺盛。”

胡晓天似懂非懂地点点头说：“哦，这就是橄榄树呀，我还从来没见过呢。欸，我记得有一部电视剧，名字就叫《橄榄树》。”

蒋海亚一边开车，一边说：“对，没错，是刘涛主演的，我是她的铁杆粉丝。”

卢宇森道：“欸欸欸，人家刘涛可是比你大多了呢，你还喜欢她。”

蒋海亚笑了：“大我也愿意，怎么了，不行吗？”

胡晓天道：“这就叫有钱难买我愿意。”

几个人说笑着，很快就来到了目的地。

三号公路其实算不上是名副其实的公路，只是一条人们经常来往经过的路，相对而言，沙梁比较硬一点儿而已。然而就在这条姑且还称得上是“路”的路上，也布满了大大小小的弹坑。

唐晶和蒋海亚他们的战车开到这里，一个急刹车，两辆车就停在了一个将近一米深的弹坑前。

几个人先后从车上跳下来，唐晶看了看地形，孟军生紧随其后，主动担负起了警戒任务，卢宇森和胡晓天两人一起，把设备从车上抬了下来，蒋海亚放飞了无人侦察机。

忽然，孟军生发现在远处的山丘上，有人向这边张望。他走到唐晶的身边，指了指远处的山丘，道：“队长，你看，那头好像有人在窥探咱们这里。”

唐晶顺着孟军生手指的方向看去，见远方影影绰绰，好像有人影在晃动。她招呼蒋海亚道：“叫你的飞机过去转一圈，看看有没有什么可疑的人在那里。”

“好的，知道了。”蒋海亚答应一声，说完，操纵着无人机向远方而去。

远处的山丘上，科蒂正趴着那里，探头探脑地用望远镜朝这里张望着，他看见无人侦察机向这里飞过来了，急忙放下望远镜，招呼同伴道：“快，赶快隐蔽！”

一旁的几个人慌慌张张地披上迷彩装，就地隐蔽起来。

无人机在空中转了一圈后，又返了回去，科蒂看见无人机已经飞走后，才招呼同伙儿道：“好了，都起来吧，没事了。”

几个人相继从地上爬起来，其中一个一边拍打着身上的尘土，一边埋怨道：“刚才应该一枪把它给打下来。”

“笨蛋，那我们还不都暴露了呀！记住，做事前先过一过脑子。”科蒂教训他，然后又抬手望着远处的唐晶他们，自言自语道，“他们这是又要做什么呢？”

天空阴沉沉的，有些潮湿闷热。

在三号公路两旁的空地上，已经插了许多红色的三角旗，有的地方密一些，有的地方稀一些，放眼望去，那三角旗就像一个不会打理庄稼的老农，随意种出来的农作物似的。工兵分队的战士们，在三角旗内，按照地面上的危险标志，紧张而有序地排除着埋在地下的地雷。他们把起出的地雷集中在一起，在路边排成了几列，一颗颗起出来的地雷摆在那里，宛如一颗颗黑色的小西瓜。

距离他们五十米开外的地方，唐晶带领着排爆分队的战士们正在作业。他们兵分两路，一路是卢宇森和孟军生操纵着无人机在探测地雷并不时地把信息及时反馈回来，另一路是蒋海亚和胡晓天，忙碌地操控着靶向磁场目标定位装置。唐晶在向杜志刚和奥古斯丁介绍着两套装置的推进情况。

唐晶手指着她的两路人马介绍道："在地势平坦的区域，因为视野开阔，我们就用无人机探测装置进行作业；在地势不平、起伏较大的山区，无人机受飞行高度和环境的限制，我们就采用靶向磁场目标定位装置。两者取长补短，相互补充，既能够扫清死角，又可以加快前进速度。"

这时候，蒋海亚敏捷地登上了战车，只见他站在车顶，肩

红发射器，瞄向雷区半空，“突突”几声，磁场信号源散弹便向雷区上空飞去。胡晓天启动雷达定位装置，笔记本电脑的显示屏上，便显示出定位雷区的雷弹数和散布间距，胡晓天迅速在地图上做出了标志。

奥古斯丁看得眼花缭乱，啧啧称赞道：“哎呀，贵国的排雷技术太先进了，真的是没想到啊。好！太好了！”

杜志刚问唐晶道：“这就是你说的那个最新研究开发的科研项目？”

唐晶点了点头说：“没错，如果需要，我们可以通过电磁波场远距离遥控激发引信，引爆这些地雷或者炸弹，你可以想象一下那种遍地开花的场景。”

杜志刚激动地说：“嗯，万弹齐开，那场面肯定是十分壮观的。真不知你是怎么想到的，人才呀！”

唐晶把杜志刚和奥古斯丁带到了不远处的一个山丘上，她从孟军生手里接过两架望远镜，递给二人。

唐晶手指前方道：“这儿就是集中引爆地点，我们把起出来的地雷和炸弹都集中堆放到这里，这里偏僻，安全些。”

二人举起望远镜，看见约二百米外的山坳里有一个深坑，里面码放着地雷等爆炸物，蒋海亚和胡晓天正在检查引爆线。

卢宇森拿着起爆器，放到了杜志刚和奥古斯丁的面前，然后拿起指令旗，等待对面的消息。

唐晶又给二人解释着："为了防止信号干扰，确保安全引爆，引爆现场实行了信号屏蔽，相互间的联系，全部都使用旗语。"

杜志刚和奥古斯丁不住地点头。

奥古斯丁说："不一样就是不一样，真是太专业了，在这方面，我们是远不如你们呀。"

对面的胡晓天，拿着蓝黄两面旗帜，打起了旗语。

卢宇森接到胡晓天的旗语后，跑来向唐晶汇报道："报告队长，这次引爆的地雷一共一百零六枚、炸弹四十八颗，一切准备就绪，可以引爆。"

唐晶将起爆器交给杜志刚和奥古斯丁。

唐晶道："可以引爆。"

卢宇森用旗语向胡晓天发出指令。

杜志刚和奥古斯丁同时按下了起爆器。

只见山坳里响起了如雷般的剧烈爆炸声，大地在颤动，一个个火球冲天而起，浓烟滚滚，遮天蔽日，天摇地颤，奥古斯丁和杜志刚两人则看得是兴高采烈、激动万分。

此时此刻，在距离爆炸现场不远处的另一座山丘上，安琪娜和科蒂也伏在那里，用望远镜观察着前方的引爆现场。

当看到地雷和炸弹都被安全引爆后，安琪娜激动地夸赞道："真壮观，太漂亮了，这个东方茉莉，她是怎么做到的！"

科蒂也情不自禁地说："的确是非常精彩，看来这个中国的女排爆队长，还真的是不简单哪！"

安琪娜冲身后打了个响指，一名反政府武装分子走上前来，安琪娜问道："都准备好了吗？"

武装分子回答说："都准备好了。"

科蒂有些犹豫，他试图提醒安琪娜："我的女主人，你考虑过这么做的后果吗？"

安琪娜不以为然地说："不管是谁，只要他挡了我安琪娜的路，那他就是我的敌人，准备好了，就按计划行动吧。"

一架无人机从二人身后起飞，越过山丘后，飞向三号公路的排雷现场。

安琪娜通过望远镜观察着无人机，直到无人机安全地飞临步兵战车的上空。

唐晶等人正在有说有笑地谈论着刚才的大爆炸，忽然听得身后似乎有什么动静，几个人扭头一看，只见空中飞来一架无人遥控飞机。不请自来的无人机，立即引起了众人的警惕，大家都仰头看着这架由远及近的无人机。

只见无人机最后悬停在了唐晶等人的上空，机下吊着一个红色的小箱子，很是显眼。这时，红色箱子突然坠落下来，掉在了唐晶的脚下，唐晶弯腰伸手要拿，杜志刚拦阻道："小心炸弹。"

唐晶笑道："如果真是炸弹的话，刚才撞在地上的时候，它就应该爆炸了。"

唐晶见无人机已经飞走了，弯腰拿起那个红色的纸箱，先是仔细端详了端详，又放到耳边摇了摇，见没有什么危险，便轻轻地打开了它。打开后，只见里面放着一封信，信封上面写着：唐晶亲启。

唐晶纳闷："是给我的？"

她从没有封口的信封里掏出一张信纸，见信纸上全是英文，唐晶迅速浏览了一遍信的内容，神色骤然紧张。她向四周眺望，没有发现什么异常。

杜志刚急忙问："怎么了？"

唐晶道："是'和平使者'写的，他们叫我们归还卡拉贝尔。"

杜志刚说："可卡拉贝尔不在我们手上呀，他们要错地方了。"

唐晶想了想说："也许他们是想通过我们向政府军施压，叫他们释放卡拉贝尔，我们不用去管他们，我们现在需要做的，就是尽快完成三号公路两侧的排雷任务，不给他们留一丝一毫的机会。"

杜志刚点点头："就是，我们到这里是来维和的，我们只做好我们分内的工作，把雷排干净，就算圆满完成任务了。"

唐晶补充道："信上说，叫我三天内给他们用电子邮件回信，否则他们将会采取措施，您看怎么办？"

杜志刚想了想，说："就像你刚才说的，不用理他们，听蝲蝲蛄叫还不种庄稼了呢，我们平时多注意一些就行了。"

奥古斯丁见他们两个人在用中文交谈，不知道他们在说什么，有些着急地问："你们在说什么？"

唐晶急忙用英语回答道："我们在说和平，和平是大家都

00:00

期望的，却又不是那么容易实现的。”

奥古斯丁点点头：“你说得非常对，谁都希望和平，不想要战争，你们的国家和平了，希望我们的国家也能够早日实现和平。”

唐晶道：“这就是我们来这里的目的。”

回到宿舍，唐晶累得一下子瘫到了床上。这次参加维和部队来这里排雷拆弹，爸爸支持，但妈妈反对——因为她不是来这里游山玩水的，除了危险时刻都存在外，还有这里到处流行的病毒、疟疾等等，每时每刻都叫母亲放心不下，但终究拗不过执着的她。唐晶已经提前征得了父亲的同意，母亲原本还想着叫父亲和她一起劝劝唐晶，后来只能作罢。唐晶觉得自己现在的脾气性格，在许多方面都随了父亲，因为父亲对她的影响很大，虽然不是刻意的，只是在潜移默化中，但是父亲那种果断干练、雷厉风行的军人作风，造就了她现在这个人们眼中的“劲哥”形象。她甚至不知道，“劲哥”这个名字是什么时候叫开的了。

唐晶来这里，于志伟也是持反对态度的，只不过二人交往的时间不太长，他没法过多地干预她的事情，只能为她权衡利弊，给她摆事实、讲道理，引经据典，旁征博引，全面系统地分析她到这里的各种危险，最后结论就是不希望她去。他的顾虑和担心也提醒了她，要替对方想一想，自己不能太自私，于是，她提出来分手。他没有想到劝导的结果会这样，虽然不情愿，也只得接受，他是军人，办事喜欢干脆利索，不会拖泥带水，但二人依旧还是朋友。

在“和平使者”驻地的住所里，安琪娜一个人穿着睡衣，坐在沙发上，端着一杯法国产的干红葡萄酒，轻抿慢咽着，看上去，她好像是有些喝多了。

门一开，科蒂如同一个幽灵似的滑了进来。

安琪娜见又是科蒂，有些不高兴地说：“和你说过多少次了，科蒂，进来前要先敲门，你怎么总是记不住呢？”

科蒂“嘿嘿”笑了两声，嬉皮笑脸地答道：“遵命，我的女主人，下次来我一定记住先敲门了。”

安琪娜问道：“怎么，有什么事吗？是不是他们有回信了？”

科蒂摇了摇头说：“没有，看来他们没有把咱们当回事。”

安琪娜恶狠狠地说：“这个东方茉莉，这么多年过去了，她还是那么倔。”

科蒂问：“那我们怎么办？”

安琪娜从茶几上拽过笔记本电脑，在键盘上面敲了几下。

“天使风暴，这什么意思？”科蒂探头看去，有些莫名其妙，问安琪娜。

安琪娜再次敲击了几下键盘，电脑屏幕上显示出“天使风暴”的具体内容。科蒂看完后恍然大悟，他一边捋着自己的山羊胡，一边频频点头道：“嗯，好，这个想法太好了，计划设计得天衣无缝。‘天使风暴’，就连名字都起得这么具有诗意，你好有想象力。”

安琪娜的脸上流露出一丝得意之色，她又抿了一口杯子里的红酒，妩媚而妖娆地说道：“这是我想了很长时间的成果，这次我们绝不能再手软，否则，‘和平使者’将会不复存在。”

科蒂看着安琪娜那若隐若现、凹凸有致的身材，咽了口唾沫，急忙点头应承道：“你说得没错，我们早就应该这样干。可是，我们从哪里开始实施这个计划呢？”

安琪娜又敲了几下键盘，屏幕上显示出来一座大桥。

“‘天使风暴’计划，就从这座五号大桥开始。”

科蒂不解地问：“五号大桥？”

安琪娜点点头：“没错，就从五号大桥开始。”

科蒂虽然没听清安琪娜话里的意思，但他的话题已经转移了。“好了，希望你导演的故事能有一个圆满的结局。”说完，只见他从带来的包里掏出一个制作得非常精美的木盒子，递给安琪娜，“这个送给你，我的女主人。”

安琪娜见科蒂送给她这样一个精美的盒子，一时不知道科蒂葫芦里卖的什么药，问：“这是什么？”

科蒂媚笑着道：“您打开看看就知道了。”

安琪娜接过那个木盒，小心翼翼地打开，里面是一只精美漂亮的手镯。“你这是要做什么？”

科蒂道：“我的女主人，您难道忘记今天是什么日子了吗？”

安琪娜疑惑地问：“今天？今天是什么日子？”

科蒂提醒她说：“今天是您的生日呀，看来您是真的忘记了。”

安琪娜这才恍然大悟，道：“哦，对了，你不说我还真的给忘记了！谢谢你，科蒂，谢谢你还记得我的生日，但是你这礼物太贵重了，我不能收。”

科蒂殷勤地向安琪娜献媚道：“我尊敬的女主人，这是一只非常精美的手镯，天底下只有您那双玉手才能配得上它，您可以先戴上试试，看看它是不是合适。”

安琪娜听了，便依着科蒂所说，把那只手镯套到了手腕上。果然，那只手镯仿佛是给安琪娜量身定做的一样，显得华美溢彩。

科蒂趁机恭维道：“您看到了吧，我的女主人，这只手镯就是专门为您量身定做的。只有您才配得上戴它，它也只有戴在您的手上，才能显出它的价值来。”

安琪娜十分喜欢这只手镯，她对科蒂说道：“嗯，这只手镯的确很好，我明白你的用心，定做这样的一只手镯，你肯定花了不少钱，我如数付给你。”

科蒂说：“您说这话就太叫我伤心和失望了，我定做这只手镯，难道是为了卖给您吗？要是这样的话，那我就干脆卖给别人了。”

安琪娜道：“可是，我也不能平白无故地收你这么贵重的礼物呀。”

科蒂说：“今天是您的生日，您为了我们这个组织，忙得连自己的生日都忘记了，我只是表示一下我的敬仰之心罢了。”

“无功不受禄，你这么贵重的礼物，我真的承受不起。”安琪娜一边说着，一边想把那只手镯给摘下来，可不知怎么回事，那只手镯怎么摘也摘不下来。

科蒂说：“您看到了吧，它就是属于您的呢，这说明它不想离开您呢。”

安琪娜也感到纳闷：“咦，怎么就摘不下来了呢？”她又试了几下，还是不行：“奇怪，这是怎么回事呢？”

站在一旁的科蒂，看到安琪娜费劲往下摘手镯的样子，脸上露出了不易察觉的阴险而诡秘的笑容。

在办公室，劳累了一天的奥古斯丁，正躺在沙发上休憩，间或还能听到他轻微的鼾声。

副官阿曼德兰中尉轻轻地整理着桌面上的东西，突然，奥古斯丁的手机响了一下。阿曼德兰有些好奇，他拿起手机看了一眼屏幕，犹豫地看看正在沙发上休息的奥古斯丁，不知是否该叫醒他。奥古斯丁好像也听见了手机响，向阿曼德兰喊道：“把手机拿过来。”

阿曼德兰把手机递到奥古斯丁的手中，奥古斯丁打开短信一看，一下子从沙发上坐起来，睡意全消，脸色骤变。

阿曼德兰看到奥古斯丁这种反应，急忙问：“怎么，有情况？”

奥古斯丁说：“他们要对五号大桥下手。”

阿曼德兰想了想说：“可五号大桥是中国人承建的，平时戒备森严，外人根本无法靠近，不会是烟幕弹吧？”

奥古斯丁摇摇头道：“内线的消息从来都没有错过，他们这是要孤注一掷了呀！”

碧空如洗，空气中弥漫着一种不知什么植物散发出来的芳香，使人沉醉。

天光大亮，在三号公路的排雷现场，唐晶和她的排爆队员继续进行着探测和标注。一切都很顺利，排雷工作有条不紊地向前推进着。

一辆绿色吉普车从远处疾驶而来，径直开到了唐晶身边。

车还没有完全停稳，杜志刚就从车上跳了下来，他直奔唐晶，慌里慌张地说道：“唐晶，五号大桥有炸弹！”

唐晶闻听，不禁吃了一惊：“不会吧，五号大桥昨天不是才探测过的吗？没有发现有问题呀！”

杜志刚说：“今天上午，奥古斯丁和我们几乎同时收到了一个叫安琪娜的人代表‘和平使者’发来的信函，内容很简单，就是无条件释放卡拉贝尔，否则，她就要在通车典礼的时候，炸毁五号大桥。”

听了杜志刚的话，唐晶说道：“释放不释放卡拉贝尔和我们没关系呀，我们这里又没有卡拉贝尔，那是政府军的事！”

杜志刚沉思道：“我估计，他们可能是想让我们借此向政府军施加压力。”

唐晶又问：“那指挥长和奥古斯丁沟通过了没有？”

杜志刚道：“已经通过话了，政府军方面态度很坚决，他们是不会释放卡拉贝尔的。”

唐晶点点头：“哦，我明白了，他们想通过我们来要挟政府军。”

杜志刚说：“估计他们就是这个目的，这个五号大桥是我们维和部队上星期才帮助政府建造好的，明天将举行通车典礼，它是这里唯一的一座跨国大桥，也是我们帮助他们修造的第一座大桥。今天上午，我方刚把大桥移交给当地交通管理部门，现在桥上突然发现了炸弹，如果不能迅速排除，再引发爆炸，甚至坍塌，这件事也许就会被某些个别有用心的国家给利用和歪曲误导，这将会严重影响我国在世界上的声誉。”

“好的，我知道了，她这是想要报复咱们。”唐晶意识到了问题的严重性，当即拿起对讲机，向下属下达了集结的命令，“全体都有，带上装备，马上集合，有紧急任务。”

拆弹小分队的人很快便集结起来，蒋海亚把步兵战车开得飞快，唐晶坐在副驾驶的位置，目视远方，一副若有所思的样子。

到了五号大桥桥头，蒋海亚一个急刹车，步兵战车“吱”地冒着青烟，停了下来。桥面已经封闭，桥的两端设起了哨卡。看到唐晶他们来到，早已等候在桥头的一位政府军军人急忙上前带路。在那位军人的引导下，唐晶直奔哨卡，孟军生跟在后面负责警卫，蒋海亚、胡晓天、卢宇森三人把探测设备从车上卸了下来。

桥头哨卡休息室，刚刚被临时征用为联合排爆指挥部，奥古斯丁、工兵分队上尉和政府军的几名军官正围站在一张桌子四周，大桥的设计图纸铺在桌上，那位上尉正在给大家介绍情况。看到唐晶到来，众人都松了一口气，奥古斯丁向大家介绍："这位就是我刚才和你们说过的，大名鼎鼎的排爆专家，来自中国的唐晶少校。"

唐晶向众人颔首致意，然后用英文回答道："您过奖了。"

奥古斯丁又对那个上尉说道："请你继续介绍。"

那名上尉指着桌子上的地图，接着说道："这座跨国大桥，全部是用混凝土浇筑而成，全长是二百八十米，涵洞有九个，抗震强度是八级，中心支撑点在这儿，这里也是大桥的最薄弱的地方。"

唐晶死死地盯住，并在心里面牢牢记住了上尉所指的那个位置。

上尉继续介绍："第六点位和第十点位也很重要，不过最重要的还是第八点位，如果这里受到撞击，桥梁都有可能会垮塌，其他的点位，后果没有这么严重。"

上尉顿了顿，接着说道："从政治角度来说，这座五号大桥通车后，我们与C 国的外交关系也将会更加友好，双方将会通过这座大桥实现互通有无，我国的贸易出口额也将会大幅增加，所以确保这座大桥的安全，是我们现在的首要任务。”

“这座大桥的重要性我们都已经知道了。中国维和部队为我们建造的这座桥梁现在受到了威胁，想必诸位也知道，‘和平使者’头目这样做的目的是什么。他们想以此作为与政府讨价还价的筹码，来要挟政府释放卡拉贝尔，而政府是绝不会答应这个要求的。”奥古斯丁把脸转向了唐晶，“所以，我们才请来中国维和部队的唐晶少校，协助我们共同解决这一难题。”

唐晶顿了顿，问那名少尉：“这座大桥从上星期建好到现在，中间有没有失去过控制？”

少尉摇摇头道：“没有，自从建好后，我们就二十四小时专人看护着，因为它还没有正式通车，所以除了维护人员之外，几乎没有什么人从这里通行过。”

唐晶点点头：“哦，那也就是说，没有可疑人员或者是闲杂人员上去过这座大桥了。”

少尉想了想道：“可以这么说。”

“好的，我知道了。”唐晶又对奥古斯丁道，“我需要先去现场看一下。”

奥古斯丁说：“完全没问题。”

战车载着唐晶和她的队员，一起来到五号大桥上面。这座桥架在两座雄伟的山峰之间，桥下是数十米深的山涧，山峰的东面是国家的首都远郊，对面就是C国了。

唐晶认真地察看了一下地形，发现从下面或者是上面都无法到达这座大桥，如果真的要安置炸弹，只能是从桥上下去。

卢宇森将无人机收了回来，向唐晶汇报：“报告队长，桥面和两侧栏杆已经全部检查完毕，均没有发现可疑目标。”

唐晶点点头，又吩咐胡晓天和孟军生道：“人工逐个检查涵洞和大桥各个支撑点，重点是第八点位、第六点位和第十点位，不许放过任何一个可疑之处。”

二人一齐答应道：“是！”说完，各自系好安全绳，被吊绳送下了大桥。

这时，远处桥头聚集了许多围观的人，有一个装扮成难民模样的青年女子，一直在注视着正在桥上指挥排爆工作的唐晶。唐晶的一举一动，这个女子都没有放过，她那一双锐利而冷酷的凤眼，牢牢地锁住了唐晶和她的队员们。这个青年女子，正是安琪娜。

其实安琪娜很早就来到了这里，只是没有人注意到她。为了不引人注目，她用一块破围巾裹住自己的头，然后又把一块不知从哪里捡来的脏兮兮的披肩，披在了身上，完全把自己装扮成了一个地地道道的难民，混在围观的人群中。

安琪娜看着一直在忙碌着的唐晶，脸上的表情十分复杂，谁也不知道她心里在想着什么。

唐晶的耳麦里，不断传来胡晓天和孟军生的报告声：

“1号涵洞安全。”

“2号涵洞未见异常。”

“6号点位没有问题。”

……

唐晶在设计图上相应的位置，一个个画上“×”，设计图上的几个涵洞和点位，几乎都标上了“×”。

唐晶的眉头开始皱紧，说：“一切都正常，难道是情报有误？”

耳麦里又传来孟军生的声音：“八号点位一切正常。等等，队长，八号点位发现异常。”

唐晶一听，心里顿时一紧，道：“哪里发现异常？快说！”

孟军生不紧不慢道：“在八号点位的桥洞深处，好像有一个小长方体，具体是什么，看不清楚。”

唐晶叮嘱道：“立即用红外探测仪进行探测。”

过了一会儿，孟军生汇报：“报告队长，红外探测仪显示一切正常，没有可爆炸性物体。”

唐晶问：“那个可疑物取出来了没有？”

孟军生道：“没有，正准备用‘万能手’伸到里面去取。”

唐晶看着大桥下悬在半空中的孟军生和胡晓天的身影，用对讲机叮嘱道：“好的，一定要小心，注意安全。”

孟军生答应道：“明白！”

几分钟后，唐晶的耳麦里再次传来孟军生的声音：“队长，可疑物取出来了，只是……只是……”

唐晶焦急地说：“只是什么，你快说呀！”

胡晓天在一旁接上了话茬：“队长，那东西根本就不是什么炸弹，而是一个空烟盒。”

唐晶“啊！”了一声，哭笑不得地摇了摇头。

就在唐晶他们在桥上紧张忙碌的时候，谁也没有留意到，一辆黄色的送餐面包车从远处慢悠悠地开了过来。

安琪娜看了一眼司机，司机也瞅了她一眼，两人互相微微点了点头。安琪娜有些诡异地笑了一下，然后低头离开，途中，她看见司机正在把饭菜卸下面包车。安琪娜握紧的拳头突然张开，做了一个“嘭”的爆炸动作，她仿佛看到了眼前腾起的硝烟，脸上露出了得意的笑容。

唐晶和她的排爆队员刚刚在桥上收拾妥当，突然，她的手机“嘀嘀”地响起来。

唐晶掏出手机，来电是个陌生的号码，她有些纳闷，会是谁呢？

接通后，还没等唐晶开口，对方先说话了，是个陌生女人的声音：“劲哥少校，爆炸提前了。”

唐晶忙问道：“你是谁？”

对方不再说话，挂掉了电话，唐晶“喂！喂！”了半天，也没有人回答，只有“嘟嘟”的忙音。

唐晶有些丈二和尚——摸不着头脑，问：“这是谁呢？说的这是什么呀？莫名其妙。”

蒋海亚过来向她汇报："报告队长，整座大桥所有可疑目标已经全部排除，没有发现爆炸物。"

唐晶点点头："好的，知道了，可以收队。"

唐晶一边往回慢慢走着，一边自言自语道："爆炸提前，这人会是谁呢？"她抬头朝四周围看了看，没有发现有什么异常。猛然间一抬头，桥头出现的那辆黄色面包车引起了她的注意，直觉告诉她，这辆面包车有问题。

唐晶立即通过对讲机，对其他人说道："注意，所有人注意！目标，桥头的那辆黄色送餐面包车，不要叫外人靠近，所有人尽快远离它！"

她一边下达指令，一边脚下生风，快速地向桥头走去，但还是晚了，在唐晶距离面包车还有几十米远的时候，黄色面包车"轰"的一下发生了爆炸，唐晶他们赶紧原地趴下。

硝烟散尽，唐晶他们赶到近前，只见那辆面包车已经被炸得面目全非了，一旁的奥古斯丁的座驾也被掀翻在地，不过好在没有人员伤亡。

唐晶用英语问奥古斯丁："怎么回事？这里发生了什么？"

奥古斯丁双手一摊，道："我怎么能知道是怎么回事呢，也许上帝知道吧。”

唐晶围着那辆被炸毁的面包车简单看了看，说：“药量很小，只是在警告我们。”

奥古斯丁道：“显而易见，这次的目标是我了。”

唐晶答道：“我看不一定，面包车司机呢？”

奥古斯丁用手指了一下后面，又把双手一摊，说：“早跑了。”

唐晶有些失望地摇摇头。

专车被炸了，奥古斯丁只能和唐晶他们挤一辆车回去。他的块头比较大，唐晶让他坐到了副驾驶的位置，她和另外三个男兵挤在后面。

蒋海亚不紧不慢地开着车，奥古斯丁看着外面已经黑下来的天空，一脸的沮丧。几个人谁也不说话，车内气氛显得有些压抑。

唐晶也是一脸的不高兴，她看了一眼奥古斯丁，对蒋海亚说道：“我说老兵，你这车是咋开的呢？”

蒋海亚不知所以：“咋啦？”

唐晶说：“把车开得像个小姑娘似的，你还是不是个爷们儿。”

蒋海亚道："主要是天黑路窄，我怕颠坏了这位中校先生。"

胡晓天插言："他已经吃过饭了，我们还饿着肚子呢。"

"好的，明白了，都准备好，作战飞机要起飞啦！"蒋海亚说完，脚下使劲一踩油门，汽车似离弦之箭，噌地一下蹿了出去。

奥古斯丁没有听懂他们在说什么，所以没有防备，汽车猛地向前一蹿，他往后一仰，差点儿闪了腰。他吓得大声喊道："快叫他慢一点儿，我的'劲哥'少校，你们这是要做什么，以命相搏吗？我还不想死呢！"

唐晶用英语回答奥古斯丁道："大伙儿太压抑了，要是再不发泄出来，我们几个都得发疯了。"

奥古斯丁问："难道你们中国人就是这样发泄的吗？"

胡晓天也用英语回答道："差不多，中校先生，我们中国人就喜欢这种刺激和冒险的发泄方式。"

奥古斯丁说："哦，上帝，真是不可理解。"

唐晶和三个男兵在后排对视了一下，偷偷地笑了。

过了一会儿，胡晓天觉得有些闷得慌，哼唱起了《咱当兵的人》，卢宇森和孟军生也慢慢地附和着一起唱起来，唐晶最后也加入了他们这个合唱团，歌声在狭小的车厢内流淌着。

咱当兵的人

有啥不一样

只因为我们都穿着

朴实的军装

咱当兵的人

有啥不一样

自从离开家乡

就难见到爹娘……

奥古斯丁有些纳闷：“这难道也是你们的一种发泄方式吗？”

胡晓天用英语回答道：“是的，中校先生，您说得非常对。”

奥古斯丁耸了耸肩，手一摊，道：“真是不可思议。”

前方划过一道闪电，唐晶看了看窗外，停止了欢唱，说：“不会是又要下雨了吧。”

这时候，奥古斯丁的手机急促地响了起来，是他的副官阿曼德兰打来的。奥古斯丁接通电话：“中校先生，第五分队刚刚捕获了一架无人侦察机，在上面发现了爆炸装置。”

奥古斯丁扭头，探询地问唐晶：“我们的人刚刚捕获了一架无人侦察机，上面发现有炸弹。”

唐晶犹豫了一下，然后说道：“等我请示一下。”她掏出电话，按了几个按键。

唐晶打完电话，对奥古斯丁道：“我们头儿叫我先过去看一下。”

奥古斯丁顿时眉开眼笑，赶忙对着电话道：“我和‘劲哥’少校马上过去。”然后又对唐晶等人充满歉意地笑了笑，“耽误你们的时间，真的是不好意思啊。”

唐晶道：“没什么，义不容辞的。”

步兵战车卷着尘土，拐向了另一条沙石公路。

这时候，雨开始下了起来，并且越来越大了。

蒋海亚驾驶的步兵战车从远处疾驶而来，在快到达目的地的时候，一辆停在路边、亮着车灯、打着双闪的皮卡车，吸引了大家的目光。一个看上去穿戴很严实的人，高举着双手，拦在了路中央，蒋海亚只得减慢了车速。

奥古斯丁看到那个人后，扭头对唐晶说："好像是我的副官阿曼德兰中尉。"

蒋海亚把步兵战车停在了离阿曼德兰几米远的地方。

阿曼德兰走到步兵战车前，哑着嗓子对奥古斯丁说道："中校先生，天晚了，我怕你们迷路，就来这儿接你们了，请跟我来。"

奥古斯丁说："好的，前面带路。"

"是！"阿曼德兰拉开车门，坐到了皮卡车的驾驶室里。坐在皮卡车后排的安琪娜，露出了得意的微笑。蒋海亚手把着方向盘，小心谨慎地紧跟着前面的皮卡车。奥古斯丁嘟囔着："这家伙今天这是怎么了？感冒了？"

唐晶似乎在沉思着。众人见她在想事情，都不再吭声。过了一会儿，"话痨"胡晓天有些憋不住了，问："队长，你是有什么心事？"

唐晶轻轻摇摇头道："心里不踏实，我有种不祥的预感。"

胡晓天问："有什么问题吗？"

唐晶说："五号桥的事情，怎么想怎么不对劲……"

突然，战车猛烈地颠簸了一下，打断了唐晶的思绪。

几乎是同时，在我方维和部队营地，指挥长杜志刚急匆匆地走进作战室，作战参谋紧随其后。

墙上的大屏上，已经没有了唐晶等人的定位信号。

杜志刚纳闷地说："奇怪，能到哪里去呢，他们最后的位置在哪里？"

作战参谋看了看手中的记录道："距离难民周转站七公里的地方。"

杜志刚不再犹豫，果断地发布命令："你现在立刻去办这三件事情。一、请求国内支援，用卫星锁定这一区域，重点是难民周转站附近；二、传令全营，进入一级战备状态；三、立即把情况通报政府军。"

作战参谋边记录边应答："是！"

步兵战车跟着皮卡车，三拐两拐，开进了一个难民周转站。一进院子，唐晶和奥古斯丁就感觉到了这里的气氛不对，他们不仅看不到一个人影，四周安静得似乎还有些恐怖。唐晶当即下达了战备命令："全体人员注意，这里不是军营，一定要提高警惕，注意观察，随时准备战斗。”

队员们响亮地回答道：“是！”

奥古斯丁自言自语道：“这个阿曼德兰中尉在玩什么花样？”

此时此刻，在院子西侧楼顶的一间小阁楼里，奥古斯丁的副官阿曼德兰中尉被五花大绑地控制在一根柱子上，嘴里塞着破布。前院的一切，他都尽收眼底，当看到步兵战车驶进院子时，他急得哇哇直叫，却发不出声来。而当从皮卡上下来的，那个和他穿着打扮一模一样的假阿曼德兰进入了他的视线后，阿曼德兰则更是惊得目瞪口呆。

孟军生已经抄起了车载机枪，并拉开了枪栓，卢宇森和胡晓天也都把突击步枪攥在了手里。

蒋海亚一只手握着方向盘，另一只手向腰间的手枪摸去，他警惕地观察着院子里的一举一动。

卢宇森试图接通与营地指挥部的联系，但是无论他用什么办法，都是信号全失，无法接通。他急得满头大汗，道：“队长，信号已经被屏蔽，我们无法与指挥部建立联系。”

唐晶预感到他们已经陷入了一个危险的境地，她命令卢宇森和胡晓天：“打开红外线探测仪，先把院子里的情况摸清楚。”

卢宇森打开了车载红外探测仪，胡晓天则将移动探头伸出了车顶，四处旋转着寻找目标。

突然，热成像仪上出现了许多人像。卢宇森睁大了眼睛，只见热成像仪上密密麻麻地出现了一二百号人，似乎都集中在一起。他赶忙查询确定位置，发现人是在后院。

卢宇森急忙报告：“队长，后院里有一二百号人聚集在一起，都没有武器，不知道是什么人。”

唐晶道：“密切观察！”

卢宇森说：“明白！”

雨已经停了，空气中弥漫着潮湿凉爽的气息，地上到处是大大小小的水坑。

院子里的灯，不知什么时候全部打开了，照得整个院子亮晃晃的。

假阿曼德兰跳下汽车，走到院子墙根，掀开了不知什么东西上面的苫布一角，使劲一拽，一架大型无人侦察机，完好无损地展现在众人眼前。

“我们在这架无人机上发现了炸弹，但没办法拆除。”假阿曼德兰说完，手指着无人机外壳上，一个外形看上去方方正正的东西，“喏，就是这个。”

这个方方正正的东西好像是镶进去的似的，和无人机严丝合缝，如同无人机上面的一个部件，远远看去，还真不知道是个什么东西。

唐晶站在远处观察了一会儿，她有些疑虑，这个东西看上去不太像是炸弹，可阿曼德兰说是炸弹。当然，炸弹的形状千奇百怪，什么样子的都有，可如果是炸弹，那它的袭击目标是谁呢？为什么要把炸弹安装在这里呢？会不会是以前遗留的呢？

唐晶用英语问假阿曼德兰道：“就只有这一枚吗，其他的地方没有了？”

假阿曼德兰回答道：“是的，就这一枚，其他地方我们已经仔细检查过了，确实没有了。”他回答得十分肯定，唐晶特意看了他一眼。

假阿曼德兰心里发虚，没敢看唐晶，头一扭，转向奥古斯丁道：“中校，拆弹有劲哥少校他们，我们守在这儿只会给他们添麻烦，不如我们到房间里去喝杯咖啡。”

奥古斯丁看了看唐晶，唐晶本想再问问假阿曼德兰他们是怎么发现这枚炸弹的，听他这样说，只好点点头同意了。

奥古斯丁跟着阿曼德兰进了后院。

唐晶又警惕地看了看四周，见没有什么异常，便决定一探虚实。她吩咐蒋海亚：“蒋海亚，把防弹衣拿来。”然后，她又对另外的人说道：“其他人，全部后退五十米。”

院子里的人都无声地朝后退去。

唐晶看大家都已经退后，自己穿好防弹衣，拿起排爆组合器材箱，踩着泥水，一步步朝那架无人机走去。

奥古斯丁跟着假阿曼德兰刚刚进了后院，突然从黑暗中蹿出几个身强力壮、膀大腰圆的壮汉，把奥古斯丁牢牢地控制住了。他们把他五花大绑起来，并往他嘴里塞了一块破毛巾。

奥古斯丁奋力挣扎，却无济于事。

两个壮汉架着奥古斯丁来到一间屋子门口，打开门后，直接就把他丢了进去。奥古斯丁站立不稳，像个粽子似的，重重地摔在了地上。

假阿曼德兰跟了进来，他解开身上的衣服，摘下了脸上的胡子，原来是科蒂。

科蒂走上前，照着躺在地上的奥古斯丁的屁股狠狠地踹了一脚。奥古斯丁疼得直咧嘴，却说不出话，只能发出“呜呜”声。

科蒂蹲在奥古斯丁的面前，两眼似乎有些冒火，他面露狰狞地问：“你为什么要食言？”

奥古斯丁也认出了这个假冒的阿曼德兰，他躺在那里，“呜呜”地拼命挣扎着。

科蒂伸手拽出了奥古斯丁口中的破毛巾，奥古斯丁长长地舒了一口气，然后坐起身来，道：“那是你学艺不精，没把卡拉贝尔炸死。”

科蒂咆哮道：“我没把他炸死，你抓住了他，就应该把他杀死。”

奥古斯丁站起来，道：“我从没有想要杀死他，我也没有这个权力，政府还需要他。是你，把他视为眼中钉、肉中刺，时时刻刻都想要把他置于死地，我不知道是为什么。”

科蒂大声喊道：“为什么？因为他抢了我的女人！”

奥古斯丁问：“你说的是那个安琪娜？”

科蒂说：“对，没错，就是她，她原本是属于我的，卡拉贝尔重色轻友，是他先负的我，他从我身边抢走了她。”

奥古斯丁道：“我不管你说的这个安琪娜属于谁，我也不想参与到你们的感情瓜葛里面去，我只是想问问你，五号大桥是怎么回事？就因为你的情报不准确，差点儿要了我的命。”

科蒂说：“那是安琪娜见无法实施爆炸，临时改变了计划，等我得到消息，已经晚了。她偷偷背着我，买通了送餐车的司机，结果弄巧成拙罢了。”

奥古斯丁又问：“你们把我们劫持到这儿，想干什么？”

科蒂说：“她想拿你们交换卡拉贝尔。”

奥古斯丁道：“想办法放我出去。”

科蒂挠了挠头，说：“这不是我一个人能说了算的，安琪娜现在也在这儿呢。”

奥古斯丁直截了当地说：“说吧，多少钱？”

科蒂想了想，伸出一个手指头：“一万美金。”

奥古斯丁点点头道：“成交。”

科蒂叹了口气，有些惋惜地说：“看来又要少了。”说完，他从地上抓起那块破毛巾，又塞回到奥古斯丁的嘴里面。

奥古斯丁奋力挣扎了半天，眼睁睁地看着科蒂离开了房间。

聚光灯把前院照得亮如白昼，唐晶身穿防护服，钻到那架无人机下面，开始拆弹，她叮嘱蒋海亚：“打开屏蔽仪。”

蒋海亚打开工具箱，按下了藏匿在里面的一个仪器上的开关．电源指示灯变红，一排绿灯快速地跳闪起来，蒋海亚见一切正常后，汇报唐晶：“屏蔽仪已经开启。”

唐晶拿过蒋海亚递来的板子，开始拧无人机上面的螺丝，螺丝松开后，唐晶伸手，蒋海亚又递给她一把改锥，两个人看上去配合得十分默契，就如同医院里正在做手术的大夫和他的助手。

孟军生头戴有红外夜视仪功能的头盔，小心地观察着院子里人们的动静。

卢宇森在红外成像仪上判断着远近现场的各种变化，胡晓天则坐到了驾驶员的位置上，一手握着方向盘，另一只手抓着变速杆，一双黑白分明的眼睛透过观察孔，紧盯着车前车后的动静．几个人似乎都把耳朵竖了起来，认真警惕地用眼睛扫描着院子里每个人的一举一动。

科蒂走到院子一个漆黑的角落里，正要对坐在黑暗中的安琪娜说什么，被她摆手制止了，并用手指了指正在拆弹的唐晶。科蒂知趣地闭上嘴，不再言语了，他望了望黑漆漆的夜空，显得有些不安和焦虑。

此刻，在维和营地指挥部，手机、固话和步话机等响成了一片。

唐晶和她的防爆分队突然与总部失去联系，指挥长杜志刚急得像热锅上的蚂蚁，在屋子里转来转去。他试图在地图上寻找答案，可看了好几次，也没有什么结果。

这时候，作战参谋走进来，来到杜志刚身边，说：“指挥长,附近所有的政府军营地回复,他们近几日均没有捕获无人机。另外，刚刚得到消息，奥古斯丁中校和他的副官目前也失去了联系。”

“哦？这么巧？不会是巧合吧？”杜志刚有些奇怪，“唐晶开始报告说是奥古斯丁告诉她，在无人机上发现炸弹，莫非他们几个人在一起？”

作战参谋点点头，道：“很有可能，另据国内卫星传回的消息，在距离我方营地一百二十公里的难民周转站附近，发现了唐晶他们的步兵战车。”

杜志刚感到事情有些不妙：“命令警卫分队，马上出发。”

作战参谋道：“是！”

唐晶将无人机上面的炸弹拆下，小心地把炸弹取下来，然后交给了蒋海亚。蒋海亚小心翼翼地双手接过炸弹，托着放到了地面上，还没等到他直起身来，炸弹已经启动了引爆装置。蒋海亚大吃一惊，急忙告诉唐晶：“队长，不好了，炸弹自毁装置已经启动了。”

唐晶闻听，脸色突变，她看了一眼炸弹上面已经开始倒计时的读秒器，上面的数字显示，只剩下三十秒的时间了。

唐晶急忙打开集成线路电源箱，只见里面密密麻麻地布满了五彩纷呈的各种电线，她一边拿起钳子，准备排爆，一边对蒋海亚说道：“这里交给我，你快撤！”

蒋海亚仿佛没有听到似的，又把一把专用钳子递到唐晶手里。

唐晶接过钳子，再次回头命令蒋海亚：“我命令你，赶快撤！”

蒋海亚只好一步步缓缓地向后退去。

唐晶看蒋海亚已经撤离，开始一个人心无杂念地分辨着电线，钳子在各种颜色的电线上犹豫着，她先是把钳子伸向一根蓝颜色的电线，犹豫了两秒，又收了回来，接着，又去剪黄颜色的那根，“咔嚓”一下，电线被剪断了，可是计时读秒器仍然在快速闪动着。

唐晶又把钳子伸向了红色的那根电线，就在钳子的上下口马上要夹断电线的时候，唐晶停止了用力，移开了钳子。她看了一眼另外一根黑色的电线，又把钳子移到了黑电线上。读秒器只剩下五六秒的时间了，她正要剪断那根黑色电线，突然，像是一下子受到了什么启发，临时改变了主意，手起钳落，红色的那根电线被她一下子给剪断了。读秒器上显示的时间剩下最后一秒，停留在了那里。

唐晶如释重负一般，一下子坐到地上，大口地喘着气。

这时，唐晶听得身后有个人在一下一下地拍着巴掌。她扭回头看去，从黑暗的角落里走出一个人来，边走边用英语说道：“我的东方茉莉妹妹，果然非同一般，这么复杂的引爆装置，都被你给顺利拿下了，厉害，厉害。”

唐晶摘下头盔，有些茫然地盯着来人。

安琪娜走到了唐晶近前，见唐晶好像没有认出自己来，便探下身子，又问：“你真的不认识我了吗，我的东方茉莉？”

唐晶终于认出了来人，十分兴奋地说：“奥莉娅？你是奥莉娅？”说完，站起身来。

奥莉娅摇摇头道：“no，no，我现在已经不叫奥莉娅了，奥莉娅六年前就已经死了，现在站在你面前的是安琪娜。”

唐晶吃了一惊，她没有想到奥莉娅竟然就是大名鼎鼎的安琪娜：“安琪娜？你就是安琪娜？”

安琪娜说：“对，没错，‘和平使者’组织的布弹专家安琪娜。”

唐晶好像不认识安琪娜似的，略带惊讶地说：“‘和平使者’？你是‘和平使者’组织的成员，那今天晚上的这个局也是你布的？”

安琪娜点点头，道：“没错，是我布的，因为我想和你叙叙旧，并求你办件事。”

唐晶不解地问：“求我办事？什么事？”

安琪娜说："想请你去找政府军，让他们把卡拉贝尔还给我。"

唐晶摇摇头，道："这个恐怕我做不到，我们是维和部队，你们'和平使者'与政府军之间的问题，要你们自己协商解决，我们无权介入，至于你说的卡拉贝尔，我们更是一无所知。"

安琪娜似乎是被唐晶的话激怒了，她大声叫喊道："你就别在这儿给我唱高调了，你说你们没有介入，事实上你们介入得还少吗？你多次搅我的局，让我非常不爽，迫不得已，我才把你请来。我要让你看看，冒犯我安琪娜的后果是什么。"

安琪娜说完，向后一挥手，院子里四个角上的探照灯马上亮了，四面的墙上都是黑洞洞的枪口，院子里的气氛剑拔弩张，唐晶等人立即把心提到了嗓子眼儿。

孟军生立即把车载机枪的枪口，对准了安琪娜。安琪娜哈哈大笑起来，然后冲孟军生摆了摆手。

"小伙子，不要冲动嘛，只要你的二拇指一动，这个院子里的所有人，都会一飞冲天，通通报销的。告诉你，这个院子已经成了一座火药库，这里的所有人都会被炸得粉身碎骨，所以，我劝你还是先把你那玩意儿收起来为好，小心再走火了。”说完，安琪娜又向后挥了挥手，“带上来！”

奥古斯丁和他的副官被捆绑着带了上来，安琪娜走过去，拽掉了他嘴里的破布。奥古斯丁憋了半天，现在终于能喘过气来了，他先是干咳几声，然后冲着安琪娜大骂：“无耻，卑鄙，不要脸！”

安琪娜仰天大笑，然后脸色一变，道：“对，没错，我是无耻，我是卑鄙。可你们看看你们自己，一个个道貌岸然，像个正人君子，可是你们做的事情都是那么高尚纯洁那么正大光明吗？你们敢把你们做的每一件事都拿出来给大家看吗？你们一个个口是心非、阳奉阴违、两面三刀，依仗着你们手中的权力，只许州官放火，不许百姓点灯，你们做的事情真叫人恶心。”

“主人，用不着和他说那么多废话，直接提咱们的要求就是了。”科蒂走过来。

安琪娜缓步走到奥古斯丁面前，说：“告诉我，卡拉贝尔在哪里？”

奥古斯丁摇摇头说：“不知道。”

安琪娜抬手扇了奥古斯丁一个耳光，然后一指阿曼德兰，道：“你说，卡拉贝尔在哪里？”

科蒂上前拽下阿曼德兰嘴里的破布，正准备要说话，没想到阿曼德兰突然大吼一声，用头一下子把科蒂撞倒在地。科蒂气急败坏地爬起来，二话不说掏出手枪，对着阿曼德兰连开两枪，阿曼德兰身体晃了两晃，抽搐着一下子栽倒在地，院子里的空气顿时变得紧张起来。

唐晶看到这种情况，大声喊道：“奥莉娅，你疯了吗？你现在怎么变成了这个样子，你这是在犯罪，你知道不知道！”

安琪娜哈哈大笑起来，笑声停止后，她不知怎么又变得泪流满面了。“我怎么变成了这个样子，你以为我愿意这样吗？啊！难道我愿意这样吗？这都是被他们逼的！被逼的！”话音未落，她竟然蹲下身子，号啕大哭起来。

众人不知所以，都茫然地看着安琪娜， 看得出来，她哭得很伤心。

片刻之后，安琪娜停止了哭泣，慢慢地站了起来。“我本来出生在一个贵族家庭，过着衣食无忧的日子。父亲是政府军的一个将军，就因为他说了几句对时局不满的话，被革了职，然后给枪毙了。我也因此受到了牵连，被迫脱下了军装。尽管这样，他们仍不满足，还乱枪打死了我的母亲。为了活命，我逃到中东，当了雇佣军，在一次行动中，我身负重伤，是卡拉贝尔冒死把我救了出来，后来，雇佣军解散了，卡拉贝尔就带着我加入了‘和平使者’。这么多年来，我们东躲西藏的，我们不为别的，就为了活着，为了能像一个牲口那样活着，难道我们的这个要求过分吗？奢侈吗？”

听了安琪娜的话，唐晶有所感触地说：“看来，你这些年生活得也不容易啊！”

“我们并不想和政府作对，我们也知道，这样只能是两败俱伤，可是他们总想要斩草除根，把我们赶尽杀绝。一次次的围剿，一次次的杀戮，逼得我们不得不整天东躲西藏的，如果我们不反抗，恐怕早被他们杀死好几回了。卡拉贝尔虽然不是我合法的丈夫，但是他心疼我，爱护我，关心我，能够让我有依附感，能有这么一个男人相伴终身，我也就满足了。”

这时候，安琪娜看见孟军生和蒋海亚偷偷说了几句什么，意识到二人可能要采取什么行动。她停止了哭诉，告诫唐晶：“东方茉莉，告诉你的人，千万不要轻举妄动，我不想伤害你们中的任何一个人，我不会与你们为敌的，咱们两方没有一丝一毫的利益冲突，我只想和他们要回我的卡拉贝尔。”

唐晶点点头说：“可以，但是你得让我和我们领导通个话，报个平安吧。”

安琪娜摇摇头，道：“用不着，政府军会和他们报告的。咱们井水不犯河水，现在，你和你的人可以离开这里，而他们这些人需要乖乖地待在这里，等着消息就行了。”

此时此刻，在难民周转站，有维和部队的战车正在执行警戒，车顶的探照灯将院子里照得如同白昼。两辆绿色维和部队越野车疾驶而来，车刚刚停稳，杜志刚就从上面跳了下来，他看了看空荡荡的院子，随后环顾了一下四周，判断思考着。

杜志刚对跟随而来的作战参谋道：“看样子，他们离开的时间并不长，事有蹊跷，其中必定暗藏着更隐秘的事情，到底是什么呢？马上派出无人侦察机，对方圆一百公里的区域进行全面搜索。”

作战参谋答：“是！”

天刚刚亮，在一条荒僻的土路上，一列长长的难民队伍从远处蹒跚而来，奥古斯丁被五花大绑着，走在队伍的最前面。“和平使者”的几辆皮卡车，在队伍的前后来回穿梭着，卷起的尘土遮天蔽日。在这支难民队伍后面的两三公里处，两辆维和部队的步兵战车，缓缓地跟随着他们。

唐晶举着望远镜，盯着前方的难民队伍。

蒋海亚一边开车，一边问：“我们就这样一直跟着呀？”

唐晶说：“现在还没有更好的办法。”

蒋海亚道：“那我们是不是再拉开一段距离，离开他的屏蔽范围，先和营地取得联系，看看指挥部有什么命令没有。”

唐晶说：“我刚才看了一下，他们那个大家伙的屏蔽范围，半径至少在五十公里，如果我们和目标拉开得太远，目标就会跟丢，那我们前边的努力就都白费了。”

蒋海亚问：“那咱们就这么继续跟着？”

唐晶道：“先这样跟着吧，她答应过我，不会与维和部队发生纠缠的，我想指挥长会有办法的。”

这时候，一架无人机出现在半空中。唐晶举起望远镜，看到了机身上的“UN”标志和五星红旗，如释重负，脸上展露出了少有的笑容。

唐晶高兴地说：“这是咱们的无人机，孟军生，发信号弹。”

一颗彩色信号弹，拖着艳丽的色彩飞上空中，天空立即变得五彩缤纷起来。

在那支队伍的后面，安琪娜也看到了那颗信号弹，她望着空中飞舞的色彩，不无得意地笑了一下，说：“好漂亮的烟花呀。”

科蒂不解地问：“我的女主人，中国军人不好惹，你又不是不知道，我们干吗要把他们牵扯进来呢？你想过后果吗？”

安琪娜微微摇摇头道：“我们做事，什么时候想过后果？再说，我并没有把中国军人怎么样，是他们为了这些难民，自己要跟来的，我只是想要回我的卡拉贝尔，别的都是扯淡。”

在维和部队指挥部，作战参谋正在向杜志刚汇报：“唐晶和她的排爆分队正在驶往红河谷的路上，在他们前面五公里左右，有一队难民，前后都有武装人员。显然，这支难民队伍受到了暴力胁迫，我们应该怎么办？”

杜志刚问：“政府军方面有什么新的消息没有？”

作战参谋道:“暂时没有,据我们得到的情报,‘和平使者’劫持了临时难民营的一百多名难民,他们提出的条件,是用卡拉贝尔进行交换。”

杜志刚接着问:“那政府军方面什么意见?”

作战参谋道:“意见不统一,但两方都希望我们能够出手帮助他们营救这些难民。”

杜志刚说:“看来唐晶他们是担心这些难民的安全,才会紧紧跟随着他们,先继续密切跟踪队伍,告诉唐晶不要轻举妄动。”

唐晶他们跟随着难民队伍来到了大峡谷的谷口,被一根横在路中央的路障挡住了去路。唐晶跳下车,看了看这根路障,又看了看前面,每隔不远,就插着一面“小心地雷”的三角旗,只能止步于此,她举起望远镜,向峡谷深处望去。

这是一个天然大峡谷,狭长的山谷一眼望不到头,路中间是多年来被雨水冲刷下来的各种各样、大小不一的石头,两侧是郁郁葱葱的热带植物。在峡谷的中间,有一座面积达三四千平方米的凸起的岩丘,像一座孤岛似的,笼罩在氤氲的热气中。奥古斯丁以及那一百多名难民,现在就被困在这座孤岛上。

在孤岛对面靠近山腰的地方，有一片百十来平方米的开阔地，中间支着一把巨大的太阳伞，安琪娜悠闲自得地坐在藤椅上，看着手下在峡谷中继续布设炸弹。她的身后，科蒂卸去了伪装，露出了他的本来面目。他打开一瓶红酒，倒在一只高脚杯中，放到安琪娜的面前，道："主人，那些中国军人已经到了谷口。"

安琪娜微微一笑，点点头："很好，这正是我要的效果。"

科蒂不解地问："我的女主人，你的葫芦里到底卖的什么药？"

安琪娜道："逼政府军交出我的卡拉贝尔。"

科蒂道："我已经审过奥古斯丁了，他说卡拉贝尔已经……"

安琪娜打断了科蒂的话："我也审过那个被你打死的阿曼德兰了，他说卡拉贝尔还活着。"

科蒂一听怔住了，一时不知该怎么应答。

看到科蒂的反应，安琪娜起身大笑起来，笑得妩媚而狂放，笑得科蒂不知所以。等到笑够了，安琪娜把脸一沉道："科蒂，难道你就不想再和我说点儿什么吗？"

科蒂似乎被安琪娜的话惊了一下，有些惊慌失措地盯着安琪娜，说不出话来。

“那就让他来说吧。”安琪娜说完，招了招手，手下抬来一副担架，上面躺着阿曼德兰。

科蒂看见阿曼德兰，有些大惑不解地问：“怎么，你没死？”

身负重伤的阿曼德兰没有理会科蒂的问话，只是看了他一眼。

“你很希望他死，对吧？”安琪娜在一旁答言，“那你告诉我，你为什么希望他死呢？”

“这……”科蒂张口结舌，一时无言以对。

安琪娜继续问科蒂：“科蒂，我这里有一组电话号码，我很有兴趣，不知道你是不是也感兴趣呢？”说着，安琪娜掏出手机，在上面按了一组电话号码。她审视着科蒂，科蒂被安琪娜盯得毛骨悚然。

手机响了，铃声是非洲部落的手鼓音乐，铃声来自科蒂的身上，科蒂慌乱地掏出手机，一看上面的来电显示号码，顿时大惊失色。

安琪娜对着手下怒吼一声：“给我拿下。”

几个壮汉不容分说，上前将科蒂捆了个结结实实，科蒂开始还反抗了几下，无奈根本不是对手。

科蒂被几个人绑到了不远处一辆只剩下了车架的皮卡车上面。

烈日炎炎，骄阳似火，天空中没有一丝云彩，大峡谷里宛如一个大烤炉一般，每个人都浑身是汗，那些难民变得骚动不安起来：有几个人想要反抗，但很快就被那些个手拿武器的“和平使者”人员给镇压下去了；有一个上了年纪的老者，热得已经昏了过去。

此时此刻，安琪娜坐在太阳伞下面的藤椅上，一边慢慢地品着高脚杯里面的红葡萄酒，一边悠然地看着被绑着的科蒂，谁也不知道她心里在想着什么。

此时的科蒂，已经是一副狼狈不堪的模样。刚开始，他还挣扎叫喊着，后来估计是没什么效果，再加上折腾得也累了，便安静了下来。在毒辣的阳光照射下，汗水从他脸上不停地滚落下来，把衣服都湿透了，各种各样的蚊虫落在他的身上，肆无忌惮地叮咬着他。

这时候，安琪娜神采飞扬地朝着峡谷口的唐晶走过来，脸上挂着得意的笑容，跟在她身后的随从搬来了一箱葡萄酒，她做了个手势，随从便将那箱葡萄酒塞过了路障。

安琪娜问："怎么样，我没有亏待我的客人吧？"

唐晶走过来道："说吧，你究竟想怎么样？"

安琪娜道："一个字，等。你将会看到，他们会在下午六点前，把我的卡拉贝尔完好无损地给我送回来。"

唐晶说："他们要是不送呢？"

安琪娜哈哈大笑道："那我和这些人只能同归于尽了呗，反正我安琪娜早已经死过一回了。"

唐晶摇摇头，说："疯了，真的是疯了，彻底疯了。"

安琪娜扔掉手里的高脚杯，愤怒地说："没错，我是疯了，但绝不是我一个人疯了，也不是我们一个部落疯了，而是这个世界都已经疯了。"

她抬头看了看西斜的太阳，对唐晶道："现在距离约定的时间还早，我们俩不妨来做个游戏，你看到了吗？"她指了指远处被绑着的科蒂。唐晶这时才看到，有几个人正在往科蒂的身上捆绑着炸弹，科蒂惊慌失措地瞪着一双绝望而无奈的眼睛。

"我知道，你之所以冒着生命危险一路追来，就是惦记着那些难民的生命安全，你是维和部队的，不会对这些人置之不理的。我呢，也早就领教过你的厉害了，你是拆弹专家，我是布弹高手，念在你曾经救过我一命的分上，我给你个机会，只要你在二十分钟内，拆除掉他身上的炸弹，我就可以考虑释放那些难民。”

唐晶道：“说话算话？”

安琪娜说：“那当然。”

听了安琪娜的话，唐晶似信非信地看了看科蒂，又看了看安琪娜。

安琪娜见唐晶的目光里充满了怀疑，她再次保证：“我安琪娜一向说话算话的。”

蒋海亚在身后提醒：“队长，当心上当。”

唐晶稍微犹豫了一下，果断地说道：“拿装备来。”

安琪娜摆摆手道：“专业装备就免了，你只能带一把钳子和一把螺丝刀，其他的武器和装备不得越过这道路障，现在计时开始。”

众人担心地看向唐晶，只见唐晶脱下了身上的武器装备，指了指路障。

安琪娜挥手，让手下将路障挪开。

唐晶在安琪娜的引导下向峡谷中走去，蒋海亚等人目送着唐晶越走越远。

看到唐晶向自己一步步走来，科蒂如同看到了救星似的，原本已经绝望的眼中露出了求生的渴望，他嘴里忙不迭地朝着唐晶大声呼喊道："求你救救我，快救救我。"

唐晶没有理会科蒂，她走到近前，看着他身上纷乱交错的各色电线，觉得有些晕眩。唐晶闭上了眼睛，平复着心态。

奥古斯丁和那些难民，目不转睛地看着唐晶。

唐晶睁开眼睛，见科蒂双眼直勾勾地盯着自己，觉得很不舒服。她命令科蒂："把眼闭上！"

科蒂赶忙乖乖地闭上了双眼。

远处，安琪娜坐在藤椅上，一边抿着红酒，一边饶有兴致地看着唐晶。

唐晶蹲下身子，先是仔细地打量着科蒂身上的每一根电线，然后举起钳子，夹断了其中的一根。

科蒂听到钳子轻微的、切断金属电线的声音，身体跟着不由自主地抖了一下，然后欣喜地睁开了眼睛。

唐晶折起剪断的电线，又去排查另一根，警告他："她给你布的是连环引爆装置，如果顺序错了一个，那咱俩的命今天就撂在这儿了。"

科蒂急忙道："只要能活命，你要多少钱我都给。"

唐晶一边查看科蒂身上的电线，一边说："你以为钱什么都能买来呀，现在钱就买不来你的命。"

科蒂忙不迭地说："我有的可不是小钱，是很多很多钱。"

唐晶不高兴地说："把你的臭嘴闭上。"然后郁闷地自言自语道："我算倒了八辈子邪霉了，咋就跟你连一块儿了。"

科蒂不知道唐晶说的是什么，只是茫然地看着她在自己身上比来比去，情绪也比刚才要好了许多。

这时候，在维和部队指挥所，杜志刚和作战参谋等人，一起在看着大屏幕，作战参谋指着上面的一个地方，道："这里就是大峡谷中央的那个'孤岛'，这些就是现在被困在上面的人，据初步分析，唐晶他们很可能也在这座'孤岛'上面。"

杜志刚道："把我们的方案上报指挥部，不到万不得已，不能采取军事行动。"

作战参谋答应："是！"

杜志刚又问："政府军那面有消息吗？"

作战参谋摇摇头说："暂时没有。"

"这是怎么回事？"杜志刚嘟囔了一句，然后，气呼呼地坐回到了椅子上，点着了一支烟。

落日的余晖，照耀着这片已经晒了一天的热土，虽然不再是酷热难耐，但仍然使人感到热浪滚滚。迎面刮来的热带微风，就像是一个巨大的电吹风吹出来的似的。

缠在科蒂身上的电线，已经剩下了最后两根，唐晶手里攥着的那把夹线钳，似有千斤重，她几次把钳子伸向那根黑色的电线，最后又都缩了回去，她知道，这一钳子下去，不是她和科蒂两人安然无恙，就是两人一起离开这个世界。

汗水顺着唐晶的脸颊，不停地滚落下来。

科蒂这时候反倒平静下来了："没事，你大胆地剪吧，我看出来了，你已经尽力了，我就是死，也不会怪你的。"

唐晶没有理会科蒂的话，她扭头看了看远处藤椅上的安琪娜，安琪娜也在看着她。她再一次仔细审视着那两根电线，脑子里快速地琢磨着："这个安琪娜一向是不按常理出牌，要是以往，她肯定会布出不一般的局来，可是今天她知道是我来解局，所以她绝不会轻易地叫我知道谜底，我必须反其道而行之。"

想到这儿，唐晶快速地将钳子伸向那根红线，只听见"咔嚓"一声，那根红线一分为二，唐晶紧张地闭上了双眼，然而，四周静悄悄的，一切安然无恙。

安全了！唐晶的心终于放到了肚子里，她睁开了眼睛，却见科蒂的嘴张得很大，两眼露出恐惧之情。唐晶有些不解，她扭头一看，见安琪娜不知什么时候已经走了过来，手里的枪口正对着科蒂。

唐晶见状，忙问："奥莉娅，你要干什么？"

安琪娜恶狠狠地对科蒂说道："现在，你应该庆幸炸弹没有爆炸，可炸弹没有炸死你，子弹难道射不死你吗？我这辈子最讨厌吃里爬外、卖主求荣、背信弃义的人了，我的父亲就是被叛徒给陷害了，你辜负了卡拉贝尔对你的信任，现在，我要替他复仇。"

唐晶急忙上前阻止："奥莉娅，你不能这样。"

安琪娜挥了挥手里的短枪，道："东方茉莉，我答应过你的，我会兑现的，现在，这里没你的事，请你让开。"

唐晶又再次劝安琪娜道："奥莉娅，你要冷静，不能冲动鲁莽！"

这时候，科蒂见安琪娜欲置自己于死地，也急忙求饶道："女主人，我对你可一直是忠心耿耿的呀，你不能这样对待我，是卡拉贝尔欺骗了你，他才是……"

科蒂的话还没有说完，"砰"的一声，安琪娜扣动了扳机，子弹击中了科蒂的左肩膀，科蒂发出了杀猪般的号叫声："啊——！"

安琪娜又往右移了一下枪口："这只是开始，我会慢慢地一枪一枪地往你身体里射满子弹。"说完，她就要扣动扳机。

科蒂情急之下急忙大声喊道："慢着，我的女主人，我有话要和你说！"

"你已经是将死之人，还有什么可说的？等你见到上帝，你去和上帝说吧！"安琪娜说完，又是一枪，击在了科蒂的右肩上。

科蒂彻底崩溃了，求生的欲望驱使他绝望地大声喊道："女主人，卡拉贝尔才是杀害你父亲的凶手！”

安琪娜道：“胡扯！”

科蒂忍着疼痛，道：“千真万确！”

安琪娜咬牙切齿地说道：“你再胡说八道，我就把你打成筛子！”

科蒂已经抖成一团，但他肯定地说：“我向上帝发誓，我没有胡说八道，我说的每一句话都是事实，是你从来不知道的秘密。”

唐晶在一旁也伸手拦阻安琪娜：“奥莉娅，你听他把话说完。”

安琪娜一字一句地对科蒂说道：“你说，你要是敢撒谎，我就一枪打爆你的脑袋。”

科蒂顿了顿，然后缓缓讲述起来：“当年，你父亲是军中的鹰派代表，他认为要想使国家长治久安，就必须对反政府武装采取清剿，用武力消灭他们。他几次带兵围剿卡拉贝尔，卡拉贝尔不是你父亲的对手，每次都被打得四处逃窜，最后只得逃到了国外。在他最落魄的时候，我们两人相识了，我为他献计，由我通过电脑网络，侵入到政府军最高指挥系统，伪造你父亲不满政府、意图推翻当局、谋权夺位的证据，最后借政府之手，将你父亲扳倒，把他送进了监狱。”

安琪娜听科蒂讲完，气得浑身颤抖，但她还是忍住了。

“继续说！”

“我本来想着编个理由，叫政府把你父亲撤了职就行了。但卡拉贝尔怕你父亲今后会东山再起，那样我们依旧没有好日子过，所以叫我直接以间谍罪、叛国罪和企图颠覆政府罪等几大罪名，伪造了一些图片和录音，再设法使政府中原本就和你父亲有隔阂的人，抓到你父亲的‘把柄’，把他送进了监狱，并判处了他死刑。”

天空中不知什么时候飘来了大块大块的乌云，风也一点点大了起来，好像暴风雨就要来临。唐晶在一旁听完科蒂的讲述，多少明白了一些其中的内幕，这也是她闻所未闻的，就像是在听传奇故事一般，静静地听科蒂给安琪娜讲述着。

安琪娜对科蒂的话半信半疑，又问科蒂：“那卡拉贝尔冒死救我又是怎么回事？”

科蒂接着说道：“那天本来应该是我去执行任务，结果卡拉贝尔看到你的照片后，就决定要亲自出马，结果没想到你恰好负了重伤，所以才有了英雄救美这一幕。我可以向上帝保证，我所说的都是真的。”

听完了科蒂的讲述，安琪娜先是呆呆地发愣，足足过了有几十秒钟，她突然仰天长嘶一声：“啊——！”然后举枪对着天空，胡乱扣动着扳机，直至射尽了枪中的所有子弹。

枪声刚落，雷声便滚滚而来，就像是被安琪娜给击中的一样，不一会儿，瓢泼大雨便倾泻而下，霎时间，天地间变成白茫茫的一片。

失去了理智的安琪娜，在滂沱大雨中暴跳如雷，她把双手伸向空中，哭喊：“上帝啊，为什么会是这样，为什么？！”

雨慢慢地停了，安琪娜也疲倦了，落汤鸡似的她，看着头歪在一边的科蒂，“嘿嘿嘿”地笑道：“你就该这样慢慢流血而死，因为你是犹大，是杀死我父母亲的罪魁祸首。”片刻以后，她又“呜呜”地哭了起来：“卡拉贝尔，你为什么要这样？我那么爱你，可你为什么要这样对待我？为什么要欺骗我？老天，我的命为什么这么苦呢？”

唐晶站在不远处，一直在默默地观察着安琪娜，她也替眼前的这个女子惋惜。安琪娜原本也有个幸福的家庭，有个她一心一意爱着的人，可最后，所有这些都烟消云散了，不光她的家庭毁灭了，那个她深深爱着的人竟然也欺骗了她。在这个世界上，她没有一个亲人，没有一个值得她信赖的人，真的是好可怜好悲惨。唉，这或许就是人生吧！不知道在这个世界上，还有多少像安琪娜这样的女人，她们的命运没有掌握在自己手中，而是被别人操纵着。想到这里，唐晶又为自己生长在中国而感到骄傲和自豪。

雷雨过后的风，似乎还带着湿气，安琪娜平静了许多，她回身看着始终挺立在那儿的唐晶，缓步走上前去，伸手擦掉唐晶脸上的雨迹，望着唐晶，道："知道我有多羡慕你吗？你们那里没有战乱，没有爆炸，没有流血和死亡，国泰民安。再看你，风吹不动，雨打不倒，永远是一副军人的姿态。可惜，我没有你那么幸运，我的亲人都离开了我，卡拉贝尔也不在了，我成了一个孤魂野鬼。你走吧，带着你的人，离开这里，最好走得远远的，希望我们永远不要再见面，虽然我们这辈子恐怕都成不了朋友，但我也不想成为你的敌人。"

唐晶说："我希望你能让我把那些难民也带走，因为他们也不是你的敌人，他们都是无辜的平民百姓，是别人的父母和兄弟姐妹。”

安琪娜扭头看了看那些难民，摇了摇头，说：“你和你的人可以走，但这些难民是我和政府谈判的筹码，你带走他们，我就失去了这些筹码，所以我不能答应你。”

唐晶神情自若地说：“你知道我来这里是执行维和任务的，其中一条就是要保证无辜平民的生命安全，现在如果把他们留在这里，我独自离开，这是我绝对做不到的。”

安琪娜在原地转了两圈，想了想，说：“行，我答应你，可以带他们走，但是你能不能带走他们，那就要看你的本事了。”她指了指身后的峡谷：“在这条峡谷里，已经布满了地雷和炸弹，你没有专门的排雷工具，总不能就靠你的两只手，开出一条通道来吧，而且就算你能把通道蹚出来，恐怕那时战火也已经降临到了这条大峡谷了。”

唐晶点点头，语气十分肯定地说：“你答应就行了，我尽力吧！”

安琪娜无奈地说：“那你就试试吧，祝你好运。”

唐晶两眼紧紧地盯着安琪娜，语气坚定地说道：“我希望你能恪守承诺。”说完，朝大峡谷的出口走去。

天色已经暗了下来，一切都开始变得朦朦胧胧的，峡谷中的草丛里，歇了一天的各种昆虫，开始迫不及待地鸣唱起来。

唐晶看着已经黯淡下来的天空，边走边问蒋海亚：“咱们的排雷工具带了没有？”

蒋海亚说：“只有小型探测器带着呢，其他的工具都在咱们的步兵战车上，根本开不进来，再说，安琪娜也不允许咱们开来了。”

唐晶问：“那能不能请求国内，用海事卫星或者是北斗一号帮助一下咱们？”

蒋海亚回答：“已经试过了，这里山高林密，信号太弱，根本起不了什么作用，而且远水解不了近渴。”

唐晶点点头，停下脚步，低头看了看手里的钳子。“看来，咱们就只能指望这些家伙了。”她又认真看了看眼前的几个人，表情严肃地对大家说道，“安琪娜给咱们布下了地雷阵，这是块硬骨头，再硬咱们也得去啃，因为咱们是中国维和部队，为了这些无辜百姓，前面就是刀山火海，咱们也得往里闯，哪怕粉身碎骨。现在没有任何的帮助和外援，就只能靠我们的这一双手了，加油吧！”

唐晶他们几个人在刚刚下过雨的泥水中一点儿一点儿地向前，靠着手中的枪刺和钳子，一边排雷，一边移动着，每个人的脸上，已经分不清是汗水还是泥水了。在他们身后几十米，奥古斯丁率领着那支难民队伍，紧紧地跟着他们，慢慢向前蠕动着。

蒋海亚小心翼翼地起出一颗地雷，转身交给了胡晓天，胡晓天接过地雷，冲蒋海亚打了一个“ok”的手势，轻轻地把那颗地雷和已经起出来的四五颗地雷放到了一起。

孟军生手里举着个火把走过来，腋下还抱了一捆树枝，在他身后，跟着几个同样抱着捆树枝的难民。孟军生指挥着两个难民，把树枝码放好，然后用火把点燃了那堆树枝，因为树枝里面含油，所以很快便熊熊燃烧起来。就这样，峡谷里燃起了一堆又一堆的篝火，远远看去，煞是壮观。

忽闪忽闪的火光，为唐晶他们排雷带来了方便，唐晶几个人借着光亮，继续排雷，并排向前推进着。

月亮慢慢地升了起来，静静地照在这片看似宁静、实则杀机四伏的大峡谷中，只有两旁的草丛里，一些不知名的昆虫在毫无顾忌地欢唱着。

起出来的地雷逐渐增多，不规则地摆放在唐晶几人的身后，奥古斯丁则带着那些难民，和他们保持着一定的距离，跟在后面。从奥古斯丁脸上的神情可以看得出来，他现在是既紧张又欣慰，那些难民跟在他的身后，一言不语，似乎是哪怕谁轻轻地咳嗽一下，都会引来大家的公愤，这支杂乱无章的队伍，居然出奇地安静而有序。

胡晓天一边把起出来的地雷归拢到一起，一边不停地用英语和奥古斯丁以及那些难民们交流着，防止他们撞到地雷上面。

唐晶他们距离大峡谷的谷口越来越近，几个人看到希望就在眼前，不由自主地加快了进度。

在维和部队指挥所，一名上尉向杜志刚汇报着唐晶他们的情况："据我们得到的信息，唐晶他们为了拯救那些难民，跟随他们一起进入了大峡谷里。大峡谷地形复杂，易守难攻，我们现在还不能贸然行动。"

杜志刚听了，皱了皱眉，道："好了，我知道了，你先下去吧。”

上尉转身离开。

东方已经露出了鱼肚白，天一点点地亮了。

唐晶他们排完了最后一颗雷，站在大峡谷谷口，唐晶回望着近千米的狭长通道，兴奋地说道：“我们终于成功了！”

卢宇森和胡晓天两人，累得干脆一屁股坐在了泥水中，互相举手庆贺：“欧耶！”

蒋海亚手拿一根燃烧着的木棍，向后面的孟军生和奥古斯丁示意，地雷已经全部排除，可以安全撤离。

奥古斯丁和孟军生高兴地跳了起来，拥抱庆贺，身后的难民们也都激动地喊起来，人们都处在绝处逢生后的无限欢乐中。

就在难民们刚刚才跑出大峡谷谷口没多远，忽然一阵骚动。

奥古斯丁不知道前面发生了什么事，他穿过人群，走到队伍前一看，发现是安琪娜挡在了队伍的前面，在她身后，是黑洞洞的枪口，唐晶正站在那里，和安琪娜僵持着，奥古斯丁一时不知道该怎么办了。

唐晶看上去很是生气，大声地质问安琪娜：“你为什么不讲信用呢？”

安琪娜耸了耸肩膀，摊开双手回答道：“你和一个行将就木、朝不保夕的女人讲信用，未免也太天真了吧？那个死去的人说得对，和平和自由不是轻而易举就能够得到的，需要付出代价。”

唐晶沉着地问：“说吧，你想怎样？”

已经抱定了必死之心的安琪娜，苦笑着在原地转了两圈，说：“自从你来到这里后，你我交锋，我还从来没有赢过，我总得赢你一次吧，怎么样？”

唐晶点了点头：“可以，我答应你，但是如果你还是没有赢了我……”

安琪娜不等唐晶说完，就打断她说道：“那我甘拜下风，立即离开这里。可是，要是你输了呢？”

唐晶略加思考道：“如果我输了，我也马上离开这里。”

“那咱们一言为定。”

“希望你这次说话算话，不要再出尔反尔了。”

安琪娜点点头：“我向上帝发誓，这次决斗，不论输赢，我都绝不会反悔。”

唐晶也点点头：“那就来吧！”

两个人拉开架势，准备开始格斗。

在通向大峡谷的那条坑坑洼洼的公路上，一辆辆军车疾驶而来，那些清晨起来觅食的小动物们，都纷纷停下了脚步，好奇而惊恐地望着这支车队飞驰而去。

天已经完全亮了。

在大峡谷谷口，唐晶和安琪娜两个人已经厮杀在一起。一个想要翻盘，另一个想的是百余人的安危，双方各自拿出看家本领，跌倒了，爬起来，再跌倒，再爬起来。两人都滚成了泥人，远远看去，已经看不出哪个是唐晶，哪个是安琪娜了。

二人你来我往，难分高下。只见先是安琪娜在上面用手卡住唐晶的脖子，唐晶奋力挣脱后，又翻过身，用右肘去压安琪娜的脸颊。安琪娜一个金蝉脱壳，躲过了唐晶的右胳膊，起身挥拳直向唐晶的面门击来。唐晶急忙低头闪开，并趁机抓住了安琪娜的胳膊，给她来了个中国功夫里的“大背跨”，安琪娜一个就地十八滚，迅速爬起来，和唐晶两人原地转着圈，对峙着。

就在这时候，远在大峡谷的孤岛上，已经昏迷了多时的科蒂，慢慢地苏醒了过来。四周已经没有人了，原来看守他的士兵，早已不见了踪影，他依稀听见远处似乎有人在呐喊着。

科蒂咬着牙，慢慢地站了起来，发现自己的双手还被捆绑着。他见不远处有几块嶙峋的大石头，便踉踉跄跄地走了过去，把后背靠在一块石头上，摸索着把捆着自己双手的绳子，在石头上使劲蹭来蹭去。左右肩膀上的两个伤口，一阵阵钻心的痛，他现在已经顾不了这些了，心里燃烧着复仇的火焰，他要去找那个女人算账。“想要我死？没门！上帝还没有召唤我。”

不一会儿，绳子就被锋利的岩石给磨断了，科蒂的手也有两处给蹭破了皮，渗出了鲜血，他现在顾不了那么多了，只见他把脏乎乎的右手伸到怀里，摸索半天，从贴身的衣服中掏出来一个看上去和一个优盘大小差不多的黑色的长方形物体。科蒂看着手中的那个黑色物体，狞笑着：“你个臭婊子，想要老子的命，没那么容易。我对你那么好，那么痴情，为你做了那么多的事，你不感激老子不说，还想要杀死老子，真是翻脸无情。这样的女人，还是让她去死吧。”

唐晶和安琪娜两人已经打得筋疲力尽了，二人气喘吁吁、鼻青脸肿，但还是没有分出伯仲来。正当她们两个摇摇晃晃从地上爬起来，还要继续打斗下去的时候，一个声音从人群外传来："哈哈哈，二位女士，你们俩打累了，不要再打了，坐下来歇一歇吧。"

二人回头一看，不由得都吃了一惊，只见科蒂左手拿一把突击步枪，右手拿着一个小小的不知是什么的黑东西，跌跌撞撞地向她们这里走来，在距离二人十多米处，停住了脚步。

安琪娜惊讶地张大嘴巴道："科蒂，你没死？！"

科蒂露出了狰狞的笑容，道："怎么？你一定以为我死了吧，你想要我死，是吧？休想，我科蒂福大命大，还没到死的时候，现在倒是该你来跪下求我的时候了。"

安琪娜惊奇地说："什么？我求你？！"

科蒂挥了挥右手那个黑色的小东西，凶狠地说："没错，现在你的生死就在我手里，你看看你手上的手镯，那其实是一颗我精心制作的遥控炸弹，现在，只要我手指轻轻地一按，你就会灰飞烟灭。所以，你现在应该跪下来，求我放过你，不过前提是你要跪着对我说'科蒂，我爱你'。怎么样？一句话换你的一条命，我的这个要求不高吧？”

安琪娜听了科蒂的话，抬起胳膊，惊讶地看着自己手腕上那个精美绝伦的手镯。“这……这怎么可能，你是在骗我，你一定是在骗我，这绝对不可能！”说着，她试图用另一只手把那个手镯给取下来。

科蒂看着安琪娜的举动，没有去制止她，哈哈大笑道：“你想得太天真了，既然我能给你戴上，就不会让你把它取下来的，除非把你的胳膊弄断，现在你所要做的，就是赶快跪下来，说爱我，求我放过你。”

安琪娜怒火中烧，她大声对科蒂说道：“你妄想！想让我说爱你，除非你杀了我。”

科蒂疯狂地说：“好呀，想死还不容易吗，那我现在就成全你。”说完，举起手里那个黑色的遥控器，就准备按下去。

在这千钧一发之际，孟军生不知什么时候悄悄绕到了科蒂的身后，猛然飞起一脚，果断地踢中了科蒂那只拿着遥控器的右手，那个遥控器在空中划了个优美的弧线，落在了唐晶的面前。

科蒂一看遥控器被踢飞了，慌忙端起突击步枪，朝着唐晶和安琪娜扫射过去。

几乎就在科蒂按动扳机的同时，蒋海亚眼疾手快，他大喊了一声：“队长，危险！”然后奋起一跃，扑向唐晶和安琪娜，把二人扑倒在地。

“突突突”，枪响了，子弹打在蒋海亚的肩膀上，爆出了朵朵血花。

众人被这突如其来的变故给吓蒙了，全都愣愣地戳在那里。

科蒂没有打着安琪娜，正准备第二次瞄准射击，孟军生眼疾手快，夺过身旁一个士兵的突击步枪，照着科蒂就是一梭子。

科蒂身中数弹，在他仰面直挺挺地倒下时，他又一次扣动了扳机，突击步枪中射出的子弹“突突突”地径直射向空中。

难民们被眼前突发的情景给震慑住了，发出了一阵阵骚动。

唐晶抱着蒋海亚，大声喊着：“蒋海亚！你醒醒，蒋海亚！你不能死呀！”

安琪娜来到唐晶的跟前，看着身负重伤的蒋海亚，欲言又止。

唐晶突然发作起来，她冲着安琪娜又吼又叫：“这回你满

UN
UN
UN

意了吧？你看看为了你那所谓的个人恩怨，给多少人带来了伤害，你难道就不感到愧疚吗？”

谁也看不清安琪娜沾满泥水的脸上，此时此刻是什么表情，只见她喃喃自语道：“怎么会这样呢？怎么会这样？我不想这样的呀，天哪，这究竟是怎么一回事啊？！”

这时候，空中传来了巨大的轰鸣声，一架绿色的武装直升机由远及近，机身上白色的“UN”标志清晰可见，众人不约而同地纷纷抬头向空中望去。

那架直升机临进大峡谷谷口不久，便停了下来，盘旋了片刻后，便径直开到了唐晶他们这些人的上空，在空中盘旋了两圈，找了一块空旷点儿的地方，缓缓降落下来。

直升机舱门打开，杜志刚从上面急匆匆走了下来，唐晶有些惊讶：“指挥长，您怎么来了呢？”

杜志刚没有直接回答唐晶的问话，他先是匆匆叫人把蒋海亚抬上直升机，立即送回去抢救，直到直升机飞走了，他这才扭头对唐晶说道：“政府军和反政府军的谈判没有任何结果，只能用武力来解决问题，我们目前也没有更好的解决方案，只能是先确保自身安全，知道你们出来没有带防身武器，所以特地来接你们回去。”

唐晶这才明白是怎么一回事儿，“哦，原来是这样啊。可是，这样也不能改变他们双方的这种状态呀！”

杜志刚说：“我们只能是尽我们最大的努力，去阻止他们双方发生冲突，至于最后的结果如何，我心里也没把握。他们的总统正准备前往联合国寻求帮助，现在应该动身去机场了。”

“不能去！”安琪娜突然奔过来，她急切地对杜志刚喊道：“赶快告诉他们的安保部门，总统不能去机场。”

杜志刚和唐晶几乎是异口同声：“为什么？”

安琪娜犹豫了一下：“因为……因为去机场的路上，为了刺杀总统，我们已经布下了炸弹。”

唐晶和杜志刚同时张大了嘴巴：“啊！”

得知安琪娜他们的人已经在去机场的路上布下了炸弹，杜志刚立即掏出手机，联系上了该国家的安全保卫部门，叫他们立即通知总统车队，停止前往机场，然后又马不停蹄地联系了我国维和部队的直升机驾驶员，叫他立刻赶来，送唐晶他们去拆除这些炸弹。

不一会儿，直升机轰鸣着从远处开来，来到唐晶他们这些人的头顶，在空中盘旋着，然后从上面放下来悬梯。孟军生等三人快速依次攀上悬梯，唐晶最后一个登上悬梯，所有人都爬入机舱后，飞机一边提升着高度，一边急速向远方驶去。

站在下面的安琪娜目送着飞机离去，她转身向大峡谷里面走去，那个掉在地上的，被孟军生从科蒂手里踢飞的黑色遥控器，进入了她的视线里。她低头看了看那个静静地躺在地上的遥控器，稍作停留后，又毅然决然地向前走去。没有人去阻拦她，也没有人知道她要去哪里，要做什么去，甚至连她自己也不知道自己要去哪里，要去干什么，她只是茫然地向前走去……

前方的山梁上，一棵枝叶茂密的橄榄树，傲然挺立着。

有度文化

北岳好书凡

拆弹女兵

出品人｜郭文礼　选题策划｜陈学清　刘文飞　责任编辑｜刘文飞
复　审｜陈学清　终　审｜郭文礼　书籍设计｜张永文
印装监制｜郭　勇　项目运营｜有度文化·刘文飞工作室
投稿邮箱｜liuwenfei0223@163.com
微　博｜http://weibo.com/liuwenfei0223　微信公众号｜YOUDU_CULTURE